有賺有賠
上
戀愛有風險，小心主力坑殺

Contents

時值大多頭行情，全民瘋股票。

好公司，買！賺錢的公司，買！未來會賺錢的公司，買！

只要花一兩萬塊買一張股票，放一陣子，它就會漲到三萬、四萬……甚至更多！

你什麼事都不用做，不需要了解產業變化、不必學過經濟學或會計學，甚至不用管股票到底是什麼、背後有什麼複雜的理論，你只要有一點積蓄，買下去就對了！財富自由近在咫尺！

——然而，真的有這麼簡單的事嗎？

在股票市場上，有一群看不見的手掌握著大筆資金、擁有眾多股票，他們就靠著資金與股票數量，恣意操縱股票的價格，想讓股票漲就漲、想讓股票跌就跌。

他們，就是市場上那令人聞風喪膽的存在——主力。

第一章

男人手上拿著一杯紅酒，坐在真皮沙發上。如子夜一般的黑髮梳著一絲不苟的髮型，在水晶燈的映照下，他的眼眸像美麗的深藍星空；鼻梁高挺，肌膚像牛奶一樣滑順，完美得毫無瑕疵。身上穿著三件式西裝，是來自義大利的名牌貨，袖口別著黑色袖釦，是品味的象徵。

男人翹著腳，搖晃著杯中的紅酒。紅酒裡有梅果的香氣，他淺嚐一口，味道果然沒讓他失望。

他面前坐著一個年紀比他稍長，高高瘦瘦的男人。

高瘦男板著臉，身邊坐著一位中年男人。中年老人穿著晚宴西裝，卻掩飾不了逐年變大的鮪魚肚。他右手邊坐著一位大嬸，穿著紫色的晚禮服，明明已經五十多歲了，臉皮卻靠醫美，弄得跟三十出頭一樣。

「明熙啊，你就幫幫忙吧！」中年男人一邊說，一邊拍高瘦男的肩膀，「孝鴻是我一個老朋友的兒子，這件事不會虧待你的，你就給他一個方便，大家禮尚往來嘛！」

「對啊，明熙，你幫我們這一次，下一次我們換在董事會上挺你～」紫衣大嬸裝可愛地眨眨眼，「你還想要什麼禮物？下次我請你媽媽出國玩，順便幫你帶回來。」

紫衣大嬸說完，望了一眼在遠處聊天的中年婦女。

這是一場上流社會的私人聚會，參加者大多是互相認識的親朋好友。但楊明熙不知道這些傢伙是怎麼混進來的，反正他在這之前並不認識這些人。

「抱歉，我不是你們的提款機，缺錢的話就去跟銀行借。」楊明熙挑釁地瞟了門口一眼。

「我們當然有申請貸款，但是銀行要審核，還有一堆手續要跑，沒辦法在這麼短的時間內發貸。」高瘦男一本正經地回答，「您一定能理解，做生意需要周轉，股票是我們唯一的希望了！」

「啊，那我說錯了。」楊明熙改口道，「我不是你們的提款機，股市才是你們的提款機。」

「……」高瘦男皺著眉，並不反駁。

「明熙，你們年紀差不多，別這樣說話嘛！」鮪魚肚男人好言相勸。

「那好，叔叔，你來借他錢吧。」

「呃……我沒那麼多……」鮪魚肚男人誠實回答，「明熙，你也知道，我名下的資產都卡在房地產裡，怎麼有辦法生出現金，讓他們發薪水？我實在愛莫能助啊！」

「居然搞到薪水發不出來？」

楊明熙有些嗤之以鼻，讓高瘦男的臉色很難看。

楊明熙拿起桌上配酒的小點心，不顧形象地丟入嘴裡，「嗯……廚師是不是換人了？我比較喜歡上次吃的那個……那個叫什麼……我也不知道，反正上次的比較好吃，這次的可以丟進垃圾桶了。」

楊明熙抽了一張衛生紙，把嘴裡的食物吐出來包好。

「明熙，你就當作是做善事……」

中年男人一臉尷尬，他只希望那口被吐出來的東西沒有在暗指誰，而是真的廚師該被換掉了。中年男人偷偷望向會場另一邊的男人，對方正在高聲談笑著。

中年男人和紫衣大嬸偷看的人，分別是楊明熙的親生父親與繼母。

「友群生技，梁孝鴻……」楊明熙瞥了桌上的名片一眼，「梁先生，我話先說在前頭，我不喜歡投資生技公司。但是你既然會來找我，除了從銀行那邊借不到錢，應該也是因為你找過很多投資人，但他們都沒辦法再拿錢出來了吧？」

「……」梁孝鴻默認。

「我聽一個朋友說過，有一個年輕人要創業，做什麼ＡＩ的……我也搞不清楚那是什麼東西，反正他到處鼓吹大家投資他，在一年之內拿到了一千五百萬的資金，第二年又拿到了兩千萬。你想，一個無名小卒都能籌到錢了，你貴為一個公司老闆的兒子，居然籌不到錢？那我就要懷疑你們到底是在研發什麼東西，讓大家都不肯投資你了。」

「我們目前正在開發一款新藥。」梁孝鴻仍一本正經地道：「一款能治療思覺失調症的藥，它的藥效時間長、副作用更少。光是副作用減少這點，就是精神科醫生和病人夢寐以求的了。」

「那跟我有什麼關係？」楊明熙一臉不在乎。

「開發新藥的過程是一般人難以想像的，研發的過程很燒錢，但是這款藥未來一定可以幫助到很多人！我們已經要進入三期的臨床實驗了，所以……拜託您……」梁孝鴻對楊明熙低下頭。

梁孝鴻長相斯文，戴著方形細框眼鏡，不是楊明熙的菜，所以即使他低下頭，看起來很可憐，楊明熙還是沒有被感動到。

「沒賺錢的公司沒有資格炒股，慢走不送。」

楊明熙拿著酒杯站起來，正想結束對話，他的親生父親和繼母卻走了過來。

「明熙！我的寶貝兒子！」父親大概是喝多了，他拍了拍楊明熙的背，眼裡盡是得意、驕傲，「你們在聊什麼？為什麼大家的表情都像吃了大便？堂哥、堂嫂，好久不見！」

父親分別跟中年男人和紫衣大嬸握手，「大家繼續聊啊，別管我，繼續聊。」

「楊董好。」

梁孝鴻見狀站起身，向楊明熙的父親鞠躬。

楊明熙暗暗翻了個白眼。他父親也不是省油的燈，一個稱呼、一個小動作就知道對方是有求而來的。

「你就答應他們吧！」楊父趁機抱著兒子，在兒子耳邊說悄悄話：「有賺錢的機會為什麼要放過呢？」

「他們有去找你嗎？」楊明熙也小聲問。

「當然，是我把你介紹給他們的。」

放開楊明熙，楊父拿起桌上的酒瓶，搖搖晃晃地走了，他的續絃妻子過來扶住他，兩人一起到另一組沙發上休息。

「明熙！」紫衣大嬸趁機摟住楊明熙的手臂，煞有其事地把人拉到一旁，「我跟你說，他們這款新藥如果上市會不得了！到時候不用你炒，股票也會暴漲，現在只是他們需要周轉金，讓研發團隊能繼續下去，不然……你知道有多少案子會胎死腹中嗎？人類的科技都將會停滯不前。我們能用更好、更沒有副作用的藥，為什麼不用呢？」

楊明熙巧妙甩開紫衣大嬸的手，但中年男子又黏了上來。

「明熙，我們未來在股東會上都會挺你的！以後你就是星海集團的董事長……那個，韓劇裡都是怎麼說的？」

「會長。」紫衣大嬸補充。

「對！會長！叫你楊董已經過時了，現在要叫你『會長』！」

楊明熙的白眼都快翻到後腦勺了，「你們不要亂編職位……」

「會長！」

「不要弄亂我的西裝……」

「會長，拜託你了！」

「啊啊……好啦！」

楊明熙甩開兩人四手，整理了一下袖口和領帶。

他走回梁孝鴻坐著的沙發前，取走桌上的名片，「梁先生，你確定要找我？我可以把股價拉到前所未有的高度，就像第一次體會到高潮的處女，但……」

他神祕的微笑，就像光明的背後，必有幽壑。

「你們之後一定會背上坑殺投資人的罵名，不要怪我沒提醒你。」

「你還會提醒我，真是個好人。」

「你覺得自己會成功嗎？」

「這款新藥一定要成功！」

他說「一定要」，那堅決的口氣也意味著一個窮途末路之人破釜沉舟的決心，楊明熙在想，或許自己小瞧了對方。

「你們公司的籌碼會被我玩爛的。」

楊明熙將名片放入西裝口袋，當作是答應了對方的請求。

「楊少爺！」梁孝鴻叫住楊明熙，「我可以再問一個問題嗎？那個拿到三千五百萬的年輕人後來怎麼樣了?他創業成功了嗎?」

「我把他丟進監獄裡了。」楊明熙回頭,不疾不徐地回答,「市場上有句話是『不要投資你不懂的東西』。但是梁先生,你知道為什麼還是有很多人會投資自己不懂的東西嗎?因為一旦你懂了,你就不會拿錢出來了。」

楊明熙邁步離開宴會廳,留下梁孝鴻望著他瀟灑的背影,久久不忘。

回家路上,坐在車子裡,楊明熙一邊回想著今天的聚會,一邊滑手機。

其實,梁孝鴻要他做的事很簡單,他之前也做過很多次了,那就是炒股。

股票是一種很奇妙的東西,它不能作為現金去便利商店買東西,卻可以在證券交易市場買賣,並藉由某些方式拉高股價或壓低股價,之後將這張股票賣出,得到的現金就會比原價多不知道多少倍。但也有可能減少,少到讓人覺得簡直像把錢丟進了水溝,還沒有回音。

梁孝鴻急需高額現金,他又是公司老闆的兒子,持有公司股票,於是他就想到了將公司股票賣出,換取現金的辦法。但是,友群生技的股價長期都很低,他現在賣出根本不划算,所以需要找一位或一群很會炒股的「主力」,幫他拉高股價,讓他可以藉由賣股票的舉動,得到比原先預期還多的現金。

「賣股票」很簡單,尤其是所有交易都電子化後,只要用電腦或手機按一按就好了。但梁孝鴻一來是公司老闆的兒子，身分特殊；二來他持有的股票數量龐大，如果沒有事先計畫就亂賣，那就會看到「友群少東大量拋售持股，公司是否經營困難？」的新聞登上隔天的頭版頭條。

這種事一旦登上新聞版面，就會引起一般投資人恐慌，讓友群本來就趴在地上的股價變得更悽慘。那不是梁孝鴻樂見的，所以他才會找上楊明熙這位「主力」。

這時，突然有人來電，打斷楊明熙正在看的影片。

那個頻道記錄的是一對同志情侶的日常，沒有十八禁的內容，但裡面的小弟弟都很可愛，兩個都是。

「喂？趙祕書，什麼事？」

即使不耐煩，但來電的祕書畢竟是自己的親信，楊明熙還是用十分輕快的口氣道。

『老闆，我已經整理好資料了，現在就傳給您。』

「這麼快？」

楊明熙看了一下手錶。

他離開宴會廳後就馬上聯絡了趙祕書，要他蒐集梁孝鴻和友群生技的資料。他坐在車上不過二十分鐘，趙祕書就把資料傳過來了。

『Money never sleep，錢是不會睡覺的。我想您一定很急，就先蒐集了初步的輪廓，讓您了解一下梁先生的基本資料。詳細內容，明天我進辦公室時會處理，我為您安排在明天下午兩點半開作戰會議，可以嗎？』

「可以，我先看看，辛苦了。」

結束通話，楊明熙不禁感嘆他的工作效率真好，願意在下班時間回覆老闆訊息的員工簡直是個寶！

……但他不會因為這種小事就幫趙祕書加薪的。

很快滑完趙祕書傳來的檔案，楊明熙拿出口袋裡的名片比對。

「高中在加拿大度過，大學到研究所在美國唸書，柏克萊大學化學碩士、哲學博士，南加州生技藥廠研究員。回國之後在友群生技也是當研究員，目前是精神病學藥物開發團隊的主任……」

在看到趙祕書的情報前，楊明熙還以為梁孝鴻缺錢一定有「不為人知的理由」，例如玩虛擬貨幣賠錢、挪用公款之類的，所以他一開始的態度很輕蔑，但沒想到他真的是因為研發需要錢，而且還是市場不怎麼大的精神病藥物。

「止痛藥就好賣多了，一般人哪會吃思覺失調症的藥……」

楊明熙嘆了口氣，把報告的視窗關掉，繼續滑影片。

突然，演算法帶他來到一位美男子面前。

那個人有亞麻色的頭髮、迷人的淺紫色眼眸，穿著少見的湖水藍色西裝，繫了一條十分花俏的領帶。

影片的封面截圖是這個人對觀眾伸長手臂、做出陶醉的表情。他的嘴唇嬌豔欲滴、眼神迷離，楊明熙沒有看到影片標題，還以為是吃播節目，覺得可能是帥哥對著鏡頭吃美食，那也不錯，於是他點開影片。

『各位投資朋友大家好，今天也有跟著我一起賺大錢嗎？今天來介紹什麼是K線圖，以及在判斷一檔股票價格的時候，當日有四個重要的指標……』

楊明熙有種「我到底看了什麼」的感覺，因為那是他從小就會的東西。是說，現在網路上都找得到免費的教學影片嗎？還真方便！但是，長得這麼帥，為什麼要出來做股票教學？不會去當網美，或是給有錢老頭包養嗎？

「我在想什麼……」

每次去參加聚會回來，腦袋裡都是上流社會的陰暗面，彷彿全身都沾滿了晦氣。話說回來，這個人真的很可愛……講解的方式平易近人，讓股票新手也能輕鬆搞懂。

楊明熙幫影片點了讚。

其實，楊明熙有注意到這一兩年進股市的人變多了、財經網紅變多了、投資理財的課程變多了，跟投資有關的詐騙也變多了。原因無他，就因為現在是資金行情，熱錢亂竄，大家都想用錢滾更多的錢。

「金司機，我不想回家了，載我去酒吧。」楊明熙一邊滑影片一邊道。

金司機看了一眼後照鏡，「是，少爺，您要去哪一間酒吧？」

楊明熙不喜歡固定造訪同一間，但他臨時也想不到要去哪裡，「用導航搜尋最近的。」

「是。」

$$$

Tall Grass，草叢。

草叢酒吧位於市中心精華地帶的一條巷弄內，店內裝潢給人很舒服的感覺。橘黃色的燈光不是要讓人趁著昏暗，對別人上下其手（要也是可以啦！），而是讓人脫離辦公室的戰鬥狀態，好好放鬆。

一口氣灌下半瓶冰涼的啤酒，坐在吧檯前的高景海呼出一口大氣，「老闆……我真的好想要一個有錢人來包養我喔……」

「是是是，從我認識你到現在，你已經唸了三年，請問你找到了沒？」

草叢酒吧的老闆是四十多歲的中年男子，相較於服務生的制服都是灰色襯衫、黑色長褲，站在吧檯後面擦杯子的老闆穿著亮片西裝，戴著大耳環。

「哪有這麼容易的……」高景海拍拍自己的胸口，就快哭了。

老闆十分淡定，「我有認識的有錢人，六十多歲，跟老婆分居中，正在找小男友。」

「你是在公開拉皮條嗎？」

「我是在做好事。」老闆的臉上化著濃密的眼線、眼影，塗著時下流行的暗番茄色口紅。聽說這個色號很難買，他跑了好多家店，「老婆已經知道他的性向，但是年紀都這麼大了，彼此的財產都牽扯在一起，這時候離婚要清算到什麼時候？所以覺得還是各過各的，對彼此都好。」

「那也不能介紹給我啊！我看起來像對老男人有興趣嗎？」

「你到底要錢還是要臉，選一個好不好？」

「我兩個都要！」

「你不是想被包養嗎？」老闆擦著杯子，大言不慚地說，「一個寂寞的老人壓抑了大半輩子，手上有一堆錢，正需要小鮮肉的安慰。而小鮮肉不是剛出社會就是還沒出社會，這組合搭配在一起不是正好嗎？」

「你以為是漢堡肉要搭配起司麵包嗎？」

「現在流行加花生醬。」

「噁心死了，誰會在漢堡裡面加花生醬啊？」

「那是台式獨創吃法。」

高景海快翻白眼了。

他喝了一口酒，打嗝後道，「老闆，給我一點下酒菜。」

「我這裡不是居酒屋。」

「都一樣是賣酒的地方，不要那麼計較。」

「那你一樣是賣股票的，叫你推薦一下哪一檔會漲，你卻不要，那麼愛計較？」

老闆唸歸唸，卻從冰箱拿出土司和火腿肉，切幾片番茄、洗一洗生菜。

「我不是賣股票的，講幾遍了……」

高景海真的很受不了，他認識這位老闆三年了，老闆卻只當他是報明牌的……但其實也差不多啦。

「我是證券分析師，就是人家說的『投顧老師』，負責提供投資建議。我不能買股票，也不能把股票賣給誰，要買賣股票請自行到證券交易市場，一切公開合法。」

「是是是，你最厲害……對了，阿海，我這間店能不能發股票啊？」

「股你個頭啦！你這種小店能有什麼股票？又不是大型上市櫃公司！」高景海很不客氣地開嗆，「除非你先去把整條街買下來，開一整排連鎖店，想辦法ＩＰＯ[1]，還比較有可能發行

1　IPO：initial public offering，公開募股，指公司首度向民眾出售股分。

股票。」

「喂喂，你怎麼說是小店，小心我把你趕出去喔，我不接你這種奧客！」老闆把做好的三明治端上桌，但並未在帳單上多記一筆，「趕快去找長期飯票啦！喝酒也不會喝貴一點的，賣你一瓶啤酒，我是能賺多少？這樣我要什麼時候才能開分店？」

「我賺得也不多啊，每天還要寫一堆報告、看一堆資料，你知道我的眼睛都快得乾眼症了嗎？每天盯著數字真不是人幹的……」高景海用力咬下一口三明治，嚼嚼，「我推薦股票給客戶，客戶賺錢是理所當然，但客戶賠錢就會都來罵我。」

「唉，被罵應該啦！那可都是人家的血汗錢。」

高景海嘆了一口氣，「我知道啊，每一塊錢都很重要，但投資本來就是有賺有賠，我不能保證你一定會賺、會一直賺，有沒有在看警語啊？」

「我從三年前就聽你在唸了，你到底要不要辭職或轉職？」

老闆說著風涼話，將用剩的番茄、生菜加上醬料，變成了一道沙拉，他自己吃。

「怎麼可能辭職？現在景氣正好……嘜，現在可是金融、證券業前所未有的大多頭行情，十年來營收創新高的時刻，不要說股票，很多人都是獎金領到手軟。你知道什麼是大多頭行情嗎？」高景海故意問老闆。

老闆想都沒想就回答：「有錢人都有大頭症，所以叫大多頭？」

「哈哈哈哈！」高景海大笑，笑得眼角都有眼淚了，「多頭行情就是股價長期保持上漲的趨勢，加一個『大』，就是一直漲、一直漲、一直漲。」

「都不會跌嗎？」

「會啊。」高景海表現得有些嗤之以鼻，但他嘴角一勾，很快就掃去陰霾，擺出了迷人的微笑，「所以，才說投資有賺有賠嘛！分析師不能預知未來，我能預知未來的話，早就去買樂透了。」

「是是是～您慢用啊！」

有別的熟客進來，老闆就去招呼他們了。高景海配啤酒吃著三明治，一邊吃一邊偷偷物色店裡的客人。

有沒有長得帥，器大活好的男人呢？

市中心的酒吧裡，客人素質都比較優，而且大多都是上班族，有社會經驗，行事態度就不會太白目。手上也有錢花，不像學生還要計較打工費、生活費，但高景海看來看去，大部分的客人好像都有伴了。

他擦了擦嘴角的麵包屑，正想拿手機出來滑的時候，有個男人拍了拍他的肩膀。

「請問這是你嗎？」男人拿著手機，一臉喜孜孜的樣子。

高景海看到對方手機裡的畫面，就是穿著湖水藍色西裝、對鏡頭伸出手的自己……

他心裡抖了一下。

他真不知道公關、企畫、小編為什麼要挑這張照片當成封面，這明明就是很正經的教學影片，為什麼會被大量轉發，他的臉還被做成迷因？他承認那個表情真的很醜、很鳥，但是他拍的是股票的教學影片，不是自慰影片！

「呃……你認錯人了……哈哈……」

「怎麼可能？你就是『分析師小高』，對吧？」

「我從來沒聽過那個名字……」

「我有訂閱你的頻道！」

聽到這句話，高景海抗拒的表情就變了。

男子坐上高景海旁邊的高腳椅，「我去年才開始買股票。我爬過很多文，你教K線圖的影片是最容易懂的。噯，你能不能告訴我接下來哪一檔股票會漲？」

「呃……」

高景海心裡剛浮現被認同的喜悅，一聽到有人要他「報明牌」，腦袋裡馬上拉警報，「你認錯人了……」

「怎麼會？這明明就是你啊！不要那麼小氣，你們分析師研究那麼多檔股票，你隨便推薦一檔會死啊？」

「不行的……」

高景海終於從包包裡找出皮夾，想叫老闆過來結帳。

老闆也注意到這一頭有客人被騷擾，他的店裡雖然提倡「自由戀愛」，但如果有違反意願的情況發生，他絕不姑息！

「不好意思，客人——」

「從去年的大多頭行情開始，有賺錢的公司，他們的股票就一定會漲。」

一個低沈有磁性的嗓音打斷老闆的話，也從高景海身旁橫空出世。

高景海怔了一下，慢慢轉頭，首先看到的是男人拿著玻璃酒杯，放在吧檯上。男人的指甲剪得很整齊，手指像鋼琴家一樣修長，骨節分明，而且戴著名錶。接著，他聞到男人身上的香水味，是很好聞又優雅的味道。

「不知道要怎麼選股的話，就去看哪家公司有賺錢，如果不知道哪家公司有賺錢，那你也不要進市場了，只會被當成韭菜割罷了。」

男人的酒杯裡裝著茶色液體和冰塊，高景海心想，對方點的應該是威士忌，這種「大人的飲料」就適合成熟又有魅力的男人……高景海完全把頭轉過去，看到男人的臉後，不禁睜大眼睛。

很久沒見到如此優質的菜了！

漆黑的頭髮、星河般的藍色眼眸、完全貼合身材的三件式西裝，就像女人穿著性感內衣。

高景海覺得自己要擦的不是嘴角的麵包屑，是口水了。

「你是誰啊？」手機男問。

「我就是專門割韭菜的人。」男人微笑。

高景海覺得自己快缺氧昏倒了！這不是肺炎病毒的關係吧？不是吧！

「神經病……」手機男見苗頭不對，先走了。

老闆走過來，對高景海假笑著問：「客人要結帳嗎？」

「還沒啦！」高景海小聲回答，並偷偷瞪老闆一眼。

那個提倡「自由戀愛」的傢伙，不應該在這時候來破壞別人的自由戀愛！

高景海轉向身旁的男人，擺出社交性微笑，並偷偷打量對方全身上下。那身西裝一看就是名牌，雖然他不知道是哪一牌，但皮鞋好亮啊！

「剛才，謝謝了。」

男人笑而不語，只是舉起酒杯，喝了一口。

「你也是同業嗎？」高景海問。

「同業？」

「金融證券業……這是我的名片。」

高景海從皮夾裡拿出名片，上面印有「投資顧問公司證券分析師，高景海」等字，他以雙手遞交給對方。

男人用單手接下，「我沒有帶名片。」

「沒關係。」

「我不是來談公事的。」男人還是把名片收進了西裝口袋。

「真的沒關係……哈哈，你在附近上班嗎？」高景海在鏡頭前辯才無礙，此時卻覺得自己快詞窮了。

「我們要不要換個地方？」男人問。

「……」

高景海沒想到對方會丟直球，但這樣也好，省略寒暄，直接切入正題。要就要，不要就不要，不要浪費時間，把雙方的目的講好就好。

反正他也有「那個意思」……

「可以啊，換到哪裡？」高景海把主導權交給對方，看對方要帶他去哪裡。

「等一下，我查一下地圖。」

男人拿出信用卡，很跩地揮了兩下。老闆馬上像看到一疊鈔票似的，飛奔過來結帳。

男人把高景海的帳單一起結了，老闆此刻只恨自己沒有把三明治的錢加上去。

男人找到了他想去的地點，便摟著高景海的肩膀，帶人走出酒吧，「對了，我姓楊，叫楊明熙。」

「喔。」高景海不喜歡被摟著，因為他又不是被帶出場的小姐！

「以防你等一下需要叫我的名字。」

「……」高景海挑眉，拿開楊明熙摟著他肩膀的手，嘴角勾起一抹意義不明的微笑，「等一下，還不知道是誰叫誰呢！」

第二章

一進房間，高景海就被按在牆上，嘴唇也被堵住了。

男人的吻恣意又帶有侵略性，但他的手又溫柔地捧著對方的臉，就像與好久不見的戀人重逢，正迫不及待地感受愛情的溫度。

他的舌頭霸道地竄入高景海嘴裡，舔過敏感的上顎後，與高景海的舌頭糾纏在一起。手也從臉頰慢慢下滑，從捧著臉頰到捧著高景海的脖子，讓高景海有種如果男人再用力一點，自己就會被他勒死的錯覺。

但是男人的手沒有出力，他的手指反倒若有似無地摩娑著高景海的後頸，像在逗弄一隻小貓。

他的吻快要讓人窒息，但是手又巧妙地將人拉上岸。高景海可以聞到男人身上的香水味混雜著酒味，讓他覺得那好像就是傳說中的費落蒙味道，聞了會讓人發情。他的身體此刻熱得不得了，呼吸也變得急促。

高景海將手抵在男人胸前，但他不是要把對方推開，而是對方一直壓過來，好像想把他擠扁在牆上，讓他不得不擺出這尷尬的姿勢，也正好能摸到對方堅硬的胸膛。

隔著布料，手感就很不錯了……

楊明熙稍微離開高景海的唇，看到高景海臉色紅潤又克制地小口喘著氣，眼神迷濛地望著他的模樣……他就放心地繼續吻下去。

高景海一點也想像不到這個人跟方才站在電梯裡的男人是同一個，因為電梯裡的男人有一種生人勿近的氣息，孤高冷傲。

男人將他帶出酒吧後，兩人上了私家車。高景海聽見司機在他說出飯店地址後，回了一聲「好的，少爺」。高景海當時就想，喔～這一定是有錢人，但也僅止於此。

之後男人在車上很安靜，一直在看手機，越看眉頭越深鎖，好像出了什麼嚴重的事。高景海也識相地沒跟對方聊天，反正兩人的目的很明顯，除此之外的交流都顯得不必要，甚至多了會降低自己的形象分數。

去酒吧就是有這種好處，在現實中遇到的人，可以靠眼見為憑決定要不要跟他走，省去了網路上的文字或語音交流，或用不知道是N年前的照片來想像。兩人要做什麼，只要靠一個眼神、一句話就能決定，不會純交友跟約砲傻傻分不清楚，浪費時間。

但是在酒吧找對象，不見得就沒有風險，因為還是有可能遇到奇怪的人，或是脫了衣服卻不如人意。到目前為止，高景海是不擔心，因為這個男人光靠外表，PR值就落在九十八了，如果他進了房間或脫下衣服後有什麼怪癖，高景海都可以忍耐。

楊明熙叫司機載他們到附近的飯店，下車時還對說了聲：「你可以下班了，謝謝。」

「少爺，不用我等您嗎？」當時司機回頭問。

「不用。」

楊明熙把車門關上，走進飯店的旋轉門時讓高景海先走。

一句簡短的「謝謝」、一個小小的動作，都顯示出他是一個教養良好的人。

雖然不知道他是先天就生活在注重教養的環境，還是他後天讓自己成為這樣的人，但這些都已經成為他的加分條件，讓高景海在飯店大廳就很期待了。

不知道這樣的男人，脫下衣服後會是什麼樣子呢？

男人在櫃檯辦手續的時候花了比較久的時間。高景海坐在大廳的沙發上，有種自己在等同事的錯覺，而且這位同事好像有點搞不定。櫃檯小姐講了一長串，男人卻有聽沒有懂的樣子，高景海只好上前幫忙。

櫃檯小姐一點都不覺得兩個男人一起來住宿很奇怪，繼續口沫橫飛地介紹，而楊明熙會在櫃檯「卡關」的理由，原來是飯店最近有個促銷活動，只要加價就能在退房前享受三十分鐘的按摩服務，非常適合忙碌的上班族。

高景海當場只想喊：給我等一下！

他們是來打砲的，要加價買什麼按摩？難道是怕做完會腰酸背痛，剛好放鬆一下嗎？

而且不止房卡，這個男人連早餐卷都拿了！

他在櫃檯小姐的推薦下選了最貴的餐廳，難怪人家會繼續催他加碼。

「我們不需要，謝謝！」

高景海強硬地把人拉走，楊明熙也沒有不愉快的樣子，反倒在高景海沒注意的時候泛起微笑。

之後兩人去搭電梯，楊明熙收斂起臉上的表情，變成了高景海看到的高冷模樣。

高冷的男人一進到房間，就完全變了樣。

他脫下自己的西裝外套，熱情地將人壓在牆上親吻，高景海能感受到他觸碰自己脖子的手很熱，伸進來的舌頭也是，並覺得自己嘴裡好像要融化了。

高景海不自覺地將手放到楊明熙背後。穿著三件式西裝的楊明熙脫掉西裝後，只剩下背心和襯衫。少了一層布料，高景海的手就能摸到結實的背肌，並在楊明熙離開他的嘴唇、讓他獲得喘息的時候，看到鏡子裡的影像。

鏡子在楊明熙的背後，因此高景海正好能看到自己抱著對方的樣子，像個縮在對方懷裡的小情人。而呈現倒三角的收斂背脊，讓這個男人即使還穿著衣服卻像沒穿一樣，因為高景海已經可以想像到那完美的體態了。

一不留神，高景海的唇又被吻住。他的呼吸彷彿快被掠奪得一乾二淨，心跳也跳得越來越快。他抱著楊明熙的背，讓兩人的上半身毫無空隙，楊明熙也更理所當然地往前頂，讓對方感受到男人雙腿間的膨脹。

高景海眨了眨眼，對上楊明熙的視線。

他以為對方之前吻得那麼熱情，眼神一定也是深情款款的，但楊明熙眼裡看到的卻彷彿不是他，而是一個可以盡情取樂的對象。那個眼神讓高景海從錯覺中驚醒，馬上想起兩人不過是一夜情，若是著重於「情」，而忘掉「一夜」就太不上道了。

於是，高景海把頭湊過去，頑皮地叼住楊明熙的唇，他的手也伸到對方的褲襠間。他想解開皮帶和拉鍊，但他的兩隻手突然被抓住並高舉過頭，壓在牆壁上。

楊明熙從高景海的唇品嚐到脖頸，讓高景海不禁閉上眼，忍住神奇又戰慄的感覺。

因為他覺得自己好像要被這個男人吃掉了，他可以聞到男人身上的香味，男人一定也可以聞到他的……

「我想先去洗澡……」高景海低聲道。

其實，他想要楊明熙用力地吻他，但楊明熙偏偏只是像大狗狗在撒嬌，嘴唇擦過皮膚的觸感讓人心癢。

高景海在鏡子裡看見兩人耳鬢廝磨的樣子，就像情侶一樣……

他怎麼能不把鏡子裡的人看做情侶呢？尤其是一個男人這麼會營造氣氛，誰還會在乎這段「情」只有一個晚上？

「還是，你要跟我一起洗呢？」

高景海解開楊明熙的背心鈕釦。
他想要這個男人親吻他，把他全身扒光，丟在大床上。
高景海鬆開自己的領帶，像彩帶一樣抽開，之後解開襯衫鈕釦，像拆開禮物的包裝。他伸出手抱住楊明熙的肩膀，在吻住楊明熙的嘴唇時，把人壓在對面的牆上。
「我建議你跟我一起洗，比較省時。」
高景海挑逗地望著楊明熙，楊明熙也不客氣地把手放在高景海的屁股上。
「還可以省水。」他微笑地道。
淋浴間裡，高景海不知道這樣可不可以省水，但是楊明熙脫掉衣服後的模樣果然沒讓人失望。
勻稱的肌肉、牛奶般的肌膚，當水珠從他的身上滾落都變得不像水了，而是老天降下的甘霖，飢渴的人都想要舔掉它，不渴的人看到也會垂涎三尺。楊明熙變得比在房間門口熱情，他把高景海壓在牆上，讓高景海的嘴除了接吻與喘氣，沒有其他用途。
高景海閉著眼睛，熱水一直沖下來讓他覺得暈乎乎的，他的手在對方身上遊走，用他的手掌感受那結實的胸肌與腹肌。在楊明熙的手抓住他的臀部，找尋洞口想要探入的時候，他也握住對方半勃起的陰莖，和自己的抓在一起摩蹭。

楊明熙的手指伸進洞口擴張，把高景海弄得險些站不住腳，高景海則忍不住把頭靠在對方的肩膀上，手的動作卻沒停下來。

很快，兩根陰莖都變成了昂揚狀態。

「我怕你現在射過一次，等一下就硬不起來了。」高景海看著楊明熙的眼睛說。

「我才怕你現在射完，等一下就不讓我插了。」楊明熙也注視著高景海的雙眸道。

「唔……嗯嗯！……是、是不是該把水關掉了？」

「我不確定我們洗乾淨了沒。」

他們的性器上都是對方射出的精液。他們一邊接吻，一邊等待水把他們沖乾淨。射精後，高漲的情緒會有一點點下墜，但在熱水的撫慰下，他們很快又抱著對方，吻得難分難捨。

等到水龍頭被關上，高景海終於如願被丟到大床上。

楊明熙的手臂壓著他，讓他只能趴在床上，高景海對這不先溝通基礎步驟的霸道舉動有些反感，但自己翹著屁股的姿勢……那隱密的洞口方才在浴室已經擴張好了，如今的他就像正翹著屁股搖尾巴，請對方寵幸似的……不！他並沒有尾巴！

他偷偷轉頭，卻看到楊明熙注意到他轉頭，對他微笑。

楊明熙的笑容很好看，嘴角微微上揚，眼神像個來到遊樂園的孩子。那說不上溫柔，也不是熱情或充滿性慾之類的，而像是，他正準備搭一個排了很久的遊樂設施，滿心期待。

並非充滿性慾的眼神，讓人覺得他不是一個猴急的人，兩人都赤身裸體地躺在床上，他還能保持風度，讓高景海很佩服。但那並非溫柔也非熱情的眼神像是在看一個物品，使高景海打從內心感到戰慄。

「啊……」他更期待了。

楊明熙撕開保險套和潤滑液的包裝，挺進高景海體內的時候，高景海抱著棉被發出呻吟，楊明熙也為那炙熱又不斷縮緊的感覺而嘆息。他一手把人壓在床上，一手扶著高景海的腰，最後兩隻手都抓著柳腰，著迷似的抽插著。

高景海抓著棉被的手指越抓越緊，好像有什麼難以言喻的地方被頂到了，快感不斷擴散，讓腦子一片空白。他分出一隻手來撫摸自己的陰莖，楊明熙注意到後停了下來。

「如果你要我幫你打的話，你可以直說。」

「不用，你繼續……」

高景海不管這個男人多有風度、雞雞有多大，但他不喜歡突然停下來！

「我的手還有空閒。」說罷，楊明熙就要往高景海的雙腿間摸去。

「不，你不知道我喜歡怎麼做！」

高景海拍掉那隻手，扭過頭來，有點生氣。

「……」楊明熙看到對方的表情，不禁一怔，因為他展現出真性情的樣子真可愛，「我都這麼賣力幹你了，你還要摸自己，會讓我覺得好像是我不夠努力啊！」

「哈哈！我看你也不是第一次跟男人做的樣子，你會不知道要摸那裡才能射嗎？」高景海不客氣地嗆回去，但楊明熙用他的下半身來反擊。

「我覺得是技術問題。」

「用後面……那是……那是A片裡的幻想……啊……啊……」

撞擊的力道讓高景海抓緊棉被，彷彿那是一條救命稻草，能讓他不溺死在快感裡。他撫摸自己的速度也不禁加快，前後都受到刺激讓他舒服地閉上眼睛，專心享受。

楊明熙也專注在自己的動作上，沒有把手往前伸，因為這種事本來就有個人喜好，出來玩要有基本的尊重。

「啊……啊……啊……！」

「哈啊……」

兩人都爽快地射出來後，高景海馬上就感覺到對方抽離他的身體。

楊明熙拔掉保險套、丟進垃圾桶，一氣呵成。

高景海依舊抱著棉被，覺得自己對不起飯店的房務員。他完全不想動，眼睛一閉一閉的，彷彿連日來的壓力瞬間瓦解，就要睡著了……

「喂，你要睡的話，睡旁邊那張。」

楊明熙起身，穿上浴袍。

高景海有些疑惑地從棉被裡抬起頭，看向旁邊。

楊明熙訂的房間有兩張單人床，而這一間飯店的床都很大，所以在兩個人有一部分的面積重疊的情況下，單人床完全夠用。

高景海爬起身，抽了幾張床頭櫃上的衛生紙，擦拭自己，「你是因為『這樣』才訂兩張床的嗎？」

「睡乾淨的床不好嗎？」

「你想的還真周到。」

高景海換到另一張床，楊明熙遞來一瓶礦泉水。

「你要嗎？」

楊明熙手裡拿著兩瓶，一瓶沒開過，一瓶他自己喝。他用自己的手背擦了擦濕潤的嘴角，這麼一個小動作讓高景海實在佩服長得帥的人，每一幀畫面都像在拍廣告。

「好啊。」

高景海正要伸手，楊明熙卻把瓶子拿回去，把瓶蓋轉開才重新遞給高景海。

又是一個小小的動作，顯現出這個男人與眾不同。

因為不是每個男人都會注意到「Lady First」，尤其是當相約的兩個人都是男人，刻意把對方當成女性禮讓，或是為他開瓶蓋的這種小事……嗯……高景海不知道該怎麼評價，他不喜歡被當成女性或被當作弱小的一方，但他喜歡被對方細心對待的感覺。

楊明熙坐在單人沙發上，一邊喝水一邊滑手機，沒有想閒聊的心情，但兩人都不說話讓高景海覺得有些尷尬。

「你在忙工作的事嗎？」高景海開口。

「啊？」楊明熙被問得有些猝不及防。

「你的手機。」高景海抬起下巴一指，「到底是什麼東西那麼好看？你寧願一直滑，而不來抱我？」

「我們剛才不是抱過了嗎？」楊明熙微笑，以問代答。他關掉手機螢幕，「就是長輩群組傳的一些垃圾，早安圖、晚安圖、假新聞，還有無聊的搞笑影片。」

「無聊你還看？」

「我沒有一個一個看，我只是看到有未讀數字掛在上面就會想要點開。」

看到楊明熙一臉認真的樣子，高景海不禁笑了，「我也是。但你知道可以設定成不要有數字嗎？把通知完全關掉……」

「我明天再去問我的祕書。」

楊明熙放下手機，以此結束這個話題。

他撿起自己丟在地上的衣服穿上。

「你要走了？」高景海有些意外。

「嗯，明天要上班。」

「對喔，明天要上班……」

為什麼自己會莫名地失落呢？

「你可以繼續睡。」楊明熙把早餐券留在床頭櫃，然後穿上襯衫，拎著背心和西裝，沒有繫領帶，看起來有種瀟灑不羈的感覺，「我會先把房間的錢付清，你要離開的時候把房卡還給櫃檯就可以了。」

「我拿一半給你……」

高景海想找出放在褲子裡的皮夾，因此趴在床上，伸長手臂往床下撈，楊明熙卻蹲下來，先一步把褲子遞給他。

「不用了，也沒多少。」

那低沈的嗓音、溫柔的語氣……

雖然地點不是高景海選的，但他不想白嫖人家。他跟這男人打了這麼爽的一砲，雖然他覺得沒必要選在這麼貴的地方，但出來玩還是有出來玩的規矩，不是嗎？這樣才好再約下一次啊……

——我還想跟他約下次嗎？

高景海呆呆地拿著自己的褲子，坐在床上，忽然覺得自己的心跳得好快。

楊明熙臨走前，回頭望了一眼，「還有什麼問題嗎？你那樣看著我。」

高景海不知道自己現在是什麼表情，但他覺得自己肯定暈船了，非常暈！

他鬼使神差地道：「……你可以親我一下嗎？」

楊明熙從門口折回來，彎腰吻住高景海的唇。

那一吻吻得很紮實，在高景海還在發呆之餘，楊明熙的舌頭就挺進了微張的小嘴，勾弄上顎，又舔過舌側。他親吻高景海的時候，就像搗入一個密穴，弄得水澤聲四溢，高景海也快不能呼吸了。

一吻結束，楊明熙的嘴唇離開，他的人也走了。

沒有說再見。

高景海躺回床上，身體裡還有做愛後的餘韻。他閉上眼睛，一天的工作結束，又處於高壓的職場環境下，他很需要一個讓腦袋放空的機會，但如今，他卻覺得自己的腦袋好像被海水填滿，床彷彿變成了甲板，搖搖晃晃，帶著他入夢鄉。

$ $ $

楊明熙的一天，通常都是從一杯咖啡開始的。

他八點半進公司，因為台股九點開盤，他會先花半小時看一下晚班員工整理的國外股市資料，尤其是美國和韓國股市，然後決定今天要怎麼操作。但有時候，他就是不想要操作，他會不買進任何一張股票，也不賣出任何一張，就只是欣賞著那紅紅綠綠、上上下下的線圖，讚嘆那裡面隱藏的致富密碼，並一邊想著午餐要吃什麼。

台股在下午一點半收盤，一點半到兩點半是楊明熙的午休時間，因此他的祕書通常會把會議訂在兩點半以後。

當祕書趙允捷把書面資料送到楊明熙的辦公桌上時，他發現桌上沒有空的咖啡杯，楊明熙今天喝的是甜甜的水果茶。

趙祕書推了推眼鏡，心想，老闆一定心情很好，難怪公司的股價會上漲。

「趙祕書，我昨天晚上遇到了一件好事。」楊明熙一邊說一邊翻開資料，先看重點標題，「昨天晚上我回到家睡了個好覺，今天早上起來時精神很好，心情也不錯，上廁所的時候突然想到一個好點子。」

「……」

趙祕書臉上不動聲色，心裡不知道要從哪一點先吐槽。

上、上廁所時……？

「我要操作友群生技，但是把股價拉高對我有什麼好處呢？我幫梁孝鴻把股票賣出，那我自己要賺什麼？所以，我要用不一樣的方式。」

楊明熙眼裡閃爍著自信的光芒，嘴角的笑容帶著一絲玩味。

趙祕書跟在楊明熙身邊很久了，他知道這樣的表情就是主力要搞事的時候。

「我早上打給法務和財務了，他們等一下會過來一起開會。麻煩你去問一下上次訂的手工布丁塔，看他們能不能在三十分鐘內送來。」

「是。」

楊明熙微笑點頭，示意趙祕書可以離開了。

楊明熙沒有獨立辦公室，他的座位和其他員工只有隔版之隔，但他還是坐在窗邊採光最好的位置。這不是他要節省坪數、在室內多塞幾張桌子，或是他沒錢為自己蓋一個獨立辦公室，而是方便他指揮員工做事。

投資的市場瞬息萬變，數字上上下下地跳，楊明熙有專門的研究員和操盤手緊盯著一般人難懂的神祕數字。這些人如果發現了什麼問題，這樣就能馬上向楊明熙報告。

換言之，楊明熙的辦公室，就是操盤室。

會議開了快一小時，室內氣氛凝重，最後好不容易送走法務長和財務長兩位長官，楊明熙的員工們都鬆了一口氣。

財務長和法務長都是跟隨楊明熙父親多年的老臣，他們也是少數知道楊明熙上班時間都在做什麼的人，但他們不會一味同意楊明熙的投資規畫，有時候雙方也會展開激辯，這時員工們就會一直聽到會議室裡傳來：

「台股有那麼多支，您為什麼一定要玩廢物呢？」

「友群生技算什麼，我們星海集團即使要跨足生技領域，也不會跟那種廢物合作！」

「您要用星海集團的名義投資友群生技，就一定要經過董事會同意！不然，就請用您的私人財產！」

「楊董知道這件事嗎？」

楊明熙從不回嘴，就算他開口，音量也沒有大到讓外面的人聽見。

趙祕書在會議室裡擔任簡報的工作，報告完就站到一旁罰站了。每當楊明熙和老臣意見不合時，他就很佩服楊明熙的風度。

楊明熙不會以權威示人，但他會先擬定好戰略來說服老臣們。最後，這些老臣都會心滿意足地離開，但嘴上還是會唸一兩句，質疑楊明熙做事太魯莽、手段太囂張，楊明熙也從不反駁。

「我不看好友群生技，也不想投資它的未來——拜託，精神病的新藥能有什麼未來？——但我要用『投資』的名義來取得股票。」開會的時候，楊明熙口氣溫和地說。

當時，財務長和法務長都互相看了一眼，頗有疑慮。

趙祕書也不懂。

看好又不看好，投資又不投資，這是什麼？薛丁格的股票嗎？

「他們很缺錢。」楊明熙不疾不徐地道，「缺錢的人看到一根稻草都會想抓住，殊不知那一根稻草其實很細……」

他抿唇微笑。

「他們管不了那麼多，一定會同意印股票換鈔票，到時候，我手上就會有一大堆便宜股票。一旦我把股價拉高，我們就能安全下莊，不用管那個新藥到底會不會成功，成功了大家賺；不成功，我們也早就在股票市場上撈回來了。」

掌握了「量」，就能掌握「價」，這就是土力厲害的地方。

楊明熙的本錢很多，如今有了集團的力量，友群生技的股價會完全握在他手上，他又有辦法讓自己不露面，讓一般投資人覺得都是友群生技這個賠錢貨在搞鬼。

會議結束後，楊明熙親自送兩位長官出去，雖然兩位長官的辦公室其實就在樓上。

回到辦公室裡，員工已經在收拾會議室了，楊明熙看到盤子裡有沒動過的布丁塔，覺得很可惜。

「這明明很好吃啊……」

楊明熙把財務長和法務長都沒動過的布丁塔拿來吃，一個人坐在會議桌前，員工收拾完用過的茶杯就退了出去。

「老闆。」趙祕書走進來，手上捧著一堆文件夾，「這些需要您過目。」

「我才剛處理完一件事，為什麼下一件又來了？」他連嘴巴都還沒擦呢！

「這裡有上一季的活動檢討，以及下一季的企畫和預算表。」趙祕書把資料夾攤開，「若萱姊說從下一季開始要增加偏鄉教育的經費，她想跟您安排時間，過來做簡報。」

「她是不是又要我上山剪綵？」楊明熙難得露出苦惱的表情。

「她說您最好去學校跑一圈，跟那邊的孩子合照。」

「知道了……幫我安排時間。」

「是。」

楊明熙揉揉太陽穴，因為這才是他的正職工作，「趙祕書，請幫我泡一杯咖啡……」

「是。」

炒股票是興趣，回到真正的工作上後，如果沒有那一杯咖啡，楊明熙根本撐不下去。

第三章

「你真是我的『白衣騎士』。」

梁孝鴻滿臉笑容，望著坐在自己面前的楊明熙，眼裡都是崇拜。

楊明熙低啜一口咖啡，語氣冷冷的，「我沒有收購你的公司，不算白衣騎士。」

白衣騎士——指的是在一間公司被惡意併購時，出手解救該公司的人，或是在這間公司面臨嚴重負債、破產的情況下，收購該公司的人。

楊明熙並沒有收購友群生技，他所做的是提供一筆資金，幫梁孝鴻度過燃眉之急。

「如果你不停止開發那些賺不了幾毛錢的藥，你們公司還會面臨危機，雖然到時候我早已經抽手了。」

「你真好心，連以後會發生什麼都先告訴我了。」

梁孝鴻看楊明熙的眼神中，已經沒有初次見面時的戒慎恐懼，因為一個冷面的好人跟熱心的虛假笑容比起來，他寧願選擇前者，況且，他拜託人家做事，該賺的還是要讓人家賺啊。

「為什麼要把我叫出來？」楊明熙的口氣有些不耐煩，但他還是用叉子切下一塊乳酪蛋糕送進嘴裡。

「我想要親自答謝你，於是就問了你的祕書你喜歡什麼。你的祕書說你每天都會喝咖啡，但是不喝連鎖店的咖啡。你喜歡有質感的特色小店，而且喜歡去不一樣的。」

梁孝鴻透過趙祕書表明了要跟楊明熙見面，楊明熙以為不是他來自己公司，就是自己去他公司，又或是到高級餐廳，一餐就吃掉普通人一個月的薪水。沒想到梁孝鴻會把地點訂在星海集團總部大樓附近的一間文青咖啡廳，而且非常識相地選了下午茶的時段。

楊明熙不會在早上跟任何人開會，因為他要看盤，台股收盤後他也要休息一下或處理其他事務，接著等五六點證交所公布指標數據，看完後就下班，然後一邊想晚餐要吃什麼。

三四點的下午茶時段是楊明熙最有空的時間，梁孝鴻約得恰到好處。

之前就有某公司的經理約他中午吃飯，雙方還可以順便討論合作事宜，楊明熙就一點都不想去，畢竟星海集團也不缺那一筆訂單。

「這是我奶奶從鄉下寄來的。」梁孝鴻把放在腳邊的一個箱子搬到桌子上，「有機米、有機香菇、有機蔬菜還有兩罐蜂蜜，希望你會喜歡。」

「不了，我很少自己煮……」楊明熙傻眼。

「你一定要試試看，這米的口感跟別人不一樣，你會愛上的。」

「呃……」

「這些昨天晚上才裝箱，今天早上用快遞寄來。記得蔬菜不要放超過三天，要先吃完。」

「等等……」

梁孝鴻硬要把這箱推給他，但他不想收啊！

「有需要的話再跟我說。」

「不……」

「你不用客氣！」

「我沒跟你客氣！」

兩人在桌上把箱子推來推去，這畫面正好被外面一位騎著機車的青年拍下來。

青年用手機將照片傳送出去，另一端收到訊息的人，就是高景海。

$ $ $

草叢酒吧——

高景海面前坐著一個濃眉小眼、身材肥胖的男人。男人的手臂上長滿粗粗的汗毛，留著落腮鬍，喝著肥宅快樂水，他看了看高景海手機裡的照片，皺起眉，那讓他的眼睛變得更小了。

「你知道這個人嗎？」高景海問。

男人是一名財經記者，暱稱小森，「知道，他是星海集團的楊明熙，在我們業界應該無人不知、無人不曉。」

高景海手機裡的照片，正是楊明熙坐在咖啡廳裡，桌上還擺著一個箱子的畫面。箱子沒有打開，看不出裡面裝什麼，高景海也事先把這部分裁切掉了，沒有讓小森看到楊明熙會面的對象。

「你要問他幹嘛？」小森問。

「把你知道的都告訴我，他是一個怎麼樣的人？」

「我不想做白工。」

「我會報答你的。」

桌子底下，高景海脫下皮鞋的腳探入小森的褲管。

小森眼神曖昧，但似乎帶著某種優越感，「他是星海集團董事長的兒子，你知道他們家最讓記者感興趣的是什麼嗎？」

「是什麼？」高景海接著問。

「繼承權之爭啊！」

「……」

高景海挑眉，他沒想到對方會這麼八卦，雖然他本來就是來打聽小道消息的。

「楊明熙的爸媽在他小時候就離婚了，他爸後來再婚，跟第二任妻子生下一個女兒，但『二妻』還帶著兩個跟前夫生的兒子。二妻把兩個兒子帶過來，都過到楊董名下，這兩個兒子畢業後都在星海集團工作，只有楊明熙，他不在星海。」

「……」高景海不解，「你剛剛不是才說，『星海集團的楊明熙』嗎？」

「我的意思是，他是老闆的兒子，跟星海集團一定有關係，但他本人沒有在集團任職。如果你對他有興趣，你可能要失望了——他不是霸道總裁，因為他根本沒有總裁的位置！」

高景海還是不懂哪裡奇怪，「也許他不缺錢，所以不需要工作？」

「他兩個弟弟都在集團高層，他卻被他爸丟到一個沒名氣的基金會，你覺得這是對親生兒子的態度嗎？」

「基金會？」高景海覺得事有蹊蹺。

「早苗慈善基金會，那是星海集團旗下的基金會，做一些偏鄉教育、偏鄉醫療之類的。你能想像楊明熙跑去山地小學當老師嗎？」

高景海腦中浮現「裸體老師性教育課程」，好像不錯……

「很多人因此看衰楊明熙，認為他不得他爸喜愛，未來可能不會成為繼承人，但他的兩個弟弟都沒有血緣關係，他爸應該也不會把權力外放。最後只剩下他妹妹了，就是楊董和二妻目前十歲的小女兒。」

「人家才十歲……」

小小年紀就要背負集團大樑，也太沈重了吧？

「楊董的身體很健康，他能等女兒長大成人，或是把權力託給親信，方法有很多。」小森喝了一口肥宅快樂水，接著壓低身子，對高景海擠眉弄眼，「但我認為，楊明熙才是集團下一任的繼承人，他才是楊董最寵愛的孩子。」

「為什麼？」高景海也跟著壓低身子，故做神祕。

「因為金流。」

高景海想起楊明熙出現在自己面前時，說過的一句話……

『我就是專門割韭菜的人！』

當時他不覺得這句話有什麼奇怪的，因為一個帥氣的男人出場，配上一句霸道總裁般的台詞，非常可以。

但如今細想，普通人根本就不會講這種話——就算你是霸道總裁，每天都在開會、去高級餐廳、玩性感祕書，根本不太會跟韭菜扯上關係，那麼，什麼人才會呢？

「只要追著錢跑，就能發現那個最重要的人。」小森沒有愧對自己財經記者的身分。

高景海心裡已經有端倪了，「楊明熙是主力？金主型的主力？」

小森點頭，「他兩個弟弟在公司裡呼風喚雨，一個是亞太區的分部長，一個是東南亞的總經理，官夠大了吧？但早苗基金會和國內外十幾家控股公司都有間接或直接的關係，而楊明熙是早苗基金會的代表董事，透過基金會，他掌握著星海集團最重要的東西——」

「股價。」

高景海是證券分析師，每天都在研究這些。

星海集團作為一間上市公司，每年都有賺錢、都有配息給股東，是很棒的投資標的，而且股價不會有太大波動，適合心臟小的人，唯一的缺點就是股價太高，小資族不易入場。

「沒錯，星海集團和旗下幾間子公司的股價都很硬，如果有人想大量買進或大量賣出操縱價格，馬上就會被主力知道。」小森指了指高景海的手機，指的是那張照片，「當沖[2]客也別想玩它。星海的主力很狠，你敢進來沖，他就倒[3]，你敢放空[4]，他就軋[5]給你看！」

主力有很多種，外資、內資、投信、大戶、公司派，只要能操作股價的都叫主力。主力不會掛一個職稱叫「主力」，公司也不會站出來說「我們有這樣的人」，但長期關注股票市場的分析師、記者們都知道，背後一定是有人在操縱公司的股價。

小森合理推斷那個人就是楊明熙。

「可以做到這種程度，你還說他不是爸爸的寶貝兒子？」小森反問道，而答案早就呼之欲出，「話說回來，你為什麼要問他？楊明熙是跟誰見面？你這張照片只有一半吧？」

「……」

2 當沖：在同一天內買賣相同數量的同檔股票，以賺取當日的價差。
3 指倒貨，泛指賣出股票。
4 放空：是指一種賣出的操作行為，當投資人對股市保持悲觀態度時，會先賣出資產，等之後下跌再買回資產，從中賺取價差。
5 意為「軋空」，意思是做空投資人預期股價會下跌，但實際上股價卻大漲，因此被迫或持續買入標的股票回補，導致股價暴漲的狀況。

高景海把手機螢幕反過來放。

在與楊明熙共度一晚之後，高景海最後悔的就是沒跟那個男人要聯絡方式。那麼大的雞雞、那麼硬的腹肌，舉手投足像個優雅的貴族，笑容又像春天的陽光，不冷不熱。做的過程順暢、態度溫柔，還能讓你白嫖，這麼好的床伴很難找了。

但夜晚再怎麼令人回味，白天還是要上班。高景海回到普通的日常後，注意到最近台股有一個族群頻頻登上新聞版面——就是生技類股。

生技類股的漲幅十分明顯，他的同事、主管、客戶都在問可不可以買賣，高景海也不得不做研究，才能回答客戶和主管的問題。而這幾支生技類股當中，有一支特別吸眼球，那就是友群生技。

友群生技主推精神科藥物，再加上最近有一檔連續劇在網路上創下超高點擊率，劇情就是在講精神病患與社會問題，非常催淚，讓民眾的焦點都放在這上面，股價也應景飆漲。

有句話說，股價反應未來，但高景海做過研究後發現，友群生技的新藥還沒上市，甚至都沒做完第三期臨床試驗，公司至今仍在虧錢。他不敢把這樣的股票推薦給客戶，但他的主管可不管那麼多。

於是，高景海向「小助手」求援，想深入調查友群生技，幾天後就收到了那張照片。他起初以為那個男人可能是銀行、券商或基金經理人之類的，反正都是在金融圈，但他沒想到男人的身分原來是三級跳，根本就是食物鏈的最上層。

高景海嘲諷地笑笑，自己還真是讓一頭肥羊跑了。

「你知道去哪裡可以找到楊明熙嗎？」高景海問。

小森瞇起眼睛，「他是你的菜？」

「你別管那麼多，告訴我就好了。」

「這很難啊……楊明熙沒有特別愛去的店，記者要蹲點拍他就不容易了，他家外面還有一堆保全。唯一可以確定的地點就是星海集團的總部大樓，那棟大樓有一半的樓層都租出去了，早苗基金會也在那裡。」

「嗯……」高景海思索著。

「我說這麼多了，你可以報答我了吧？」小森碰了碰高景海的手。

高景海眨眨眼，嘴角拉出一個大大的微笑，「我會好好報答你的。」

兩人一起離開酒吧，高景海的眼裡閃爍著異樣光芒。

他有一個好點子。

$ $ $

一連數日，高景海下班後就去泡吧，跑遍了全台北知名的夜店、酒吧。

他知道自己這樣很蠢，因為不可能那麼剛好就讓他遇到楊明熙，但果然……沒遇到。

理想很豐滿，現實很骨感，想挑戰命運之神、見到那個遙不可及的對象是不可能的，他還不如去公司門口堵人。

高景海心灰意冷地來到草叢酒吧，想著至少還有老闆的三明治能安慰他，但他一推開門，就看到那個男人翩翩起舞的身影。

今晚，老闆不知道發什麼神經，店內居然有獨立樂團在表演！

女歌手穿著紅色的禮服和高跟鞋，嗓音輕柔，電子琴和薩克斯風在後面伴奏，曲子充滿了古巴風情與拉丁節奏。大部分的客人都坐著聽，只有楊明熙牽著一位六十多歲的老人在跳舞。

高景海呆掉了……

楊明熙穿著米色背心和白色襯衫，背心上排列著菱形的刺繡，遠看就像銀色的甲冑。

看他跳舞是一種享受，倒不是說他舞技多好，而是他始終保持笑容、眼神專注。

你會希望他目光投注的對象是你，而他站在你面前、對你伸出手，就像騎著白馬的王子，穿著白衣的騎士。如果他想邀請你進行一段奇幻旅程，有誰會說不呢？

高景海認為現場有很多人一定也是這麼想的，因為他已經體會過這男人有多會營造氣氛了。有一堆人明明是來獵豔、約砲的，看到楊明熙就放下色心，表情像進入了超然狀態，因為要是可以跟他共騎一匹馬一定很讚。

馬背上的顛簸是靠上他胸膛的機會，他為了拉住韁繩，雙手會環抱住你的身體，在你疑惑這匹馬會不會發狂亂竄的時候，他會給你一個安心的眼神，讓你信任他……

夠了！不要再想了！

高景海為自己的幻想感到震驚，看來自己真的暈船暈得很嚴重啊！

高景海認出那兩人跳的是國標舞的步伐。國標舞不是年輕人會接觸的，高景海也只是略懂皮毛，若要他下場跳，他完全不會。

但楊明熙會跳，他能配合老人的步伐，表示他有一定的基礎。他拉著老人的手轉圈，把老人逗笑了，他也不介意被老人摸腰吃豆腐。

高景海走到吧檯，雙眼仍盯著楊明熙。而老闆認出高景海，從冰箱裡拿出他常點的啤酒。

「啊！」

老闆用酒瓶冰高景海的臉，讓高景海嚇了一跳。

聽到叫聲，楊明熙看過來，高景海趕緊轉身背對他。

「你不是在找長期飯票嗎？」老闆打開瓶蓋，在瓶口塞了一塊檸檬，「那邊那位看到了沒有？人家是真的有錢人喔，我親自認證過的，要不要我幫你介紹，讓你當人家的小狼狗？」

「咦？」

高景海窘到說不出話，同時又覺得有點委屈。

他找了楊明熙那麼多天，沒想到人就在「原點」，那他跑那麼多家店幹嘛？

「介、介紹什麼……」高景海心一驚，講話都結巴了。

「當然是介紹你們認識啊。你不是一天到晚想轉職嗎？他是很多家公司的老闆，憑你的能力，要請他幫一點小忙……應該也不是不可能啦！」老闆眨眼，笑容曖昧。

但高景海想起的是有水珠滾落的肉體，那是淋浴間的熱水還是汗水，他分不出來……

「要不要一句話，老客人了，我幫你。」

「呃……」

「他走過來了！」

高景海一轉頭，以為又會看到修長的手拿起桌上的威士忌，性感的嘴唇會先接觸到玻璃杯緣，然後才是褐色的酒進到他的嘴裡。吞嚥的時候喉結會跳動，看得高景海的心也跟著動……

但他轉頭看到的是老人。

他馬上面無表情。

「阿海，這是我朋友，你叫他陳董就好。」

老闆沒注意到高景海的表情，依舊熱心地牽線。

「什麼陳董，你會嚇到人家！」老人故做嫌棄地拍了一下老闆的手臂，「叫我陳爺爺啦，陳爺爺！」

「阿海？」

「呃，抱歉……抱歉我剛剛在想事情……哈哈……」高景海打量著店內。

女歌手唱完一曲，伴奏換成了比較強烈的節拍，她的歌聲也變得渾厚。曲子變成夜店搖滾風，這才有年輕人出來搖擺身體，想怎麼跳就怎麼跳。

老人看高景海的心思不在他身上，也不勉強搭話，接過老闆泡的茶就喝了起來，「謝謝你啊，我玩得很開心，也差不多該回去了。」

「好，路上小心。」

隨著女歌手的嗓音變得有爆發力，下場跳的人也越來越多了，高景海想在人群中找到楊明熙變得難上加難。

老人在經過高景海身邊的時候，點了點他的肩膀，「他在那裡。」

高景海起初不解，但順著老人指的方向看去，楊明熙正拿著一杯香檳、一手拎著自己的西裝外套，站在牆邊的高腳桌旁跟一個年輕弟弟聊天。

高景海想跟老人道謝，老人卻已經走了。

高景海拿出手機，點開那張照片……眼神變得堅決。

他穿過人群，走上前。年輕弟弟先注意到他，楊明熙的眼神才投射過來。
楊明熙跟年輕弟弟聊天時的眼神，沒有跟老人跳舞時那麼溫柔與專注，甚至有點不耐煩，像是想一個人喝酒，或是希望女歌手換首歌。但當他看到高景海的時候，他的眼神從冷漠變得婉轉，彷彿沈睡已久的神獸從森林中甦醒，剛好是春天了。
高景海秀出手機，「這是你對吧？」
「……」楊明熙皺了一下眉。
「星海集團的大少爺跟友群生技的老闆兒子見面，還接受了這一箱大禮，不知道金管會看到會怎麼解讀？」
楊明熙心裡覺得可笑，臉上的確也笑了，但他的笑容令人不寒而慄，「好久不見，你沒有衝上來還我一個吻，讓我有點失望啊。」
「如果我二話不說就吻你，不就顯得我像無禮的變態嗎？」
高景海模仿楊明熙的反應，臉上也勾起大大的微笑，雙眼卻瞪向旁邊的年輕弟弟，對方識相地溜走了。
神仙打架，凡人最好不要介入。
「如果你好奇那個箱子裡裝什麼，我可以把它寄給你。」楊明熙從口袋拿出手機，「留下你的電話和地址，我叫快遞寄。」

「你是這麼樂於分享的人嗎？」

高景海以為對方在開玩笑，但楊明熙仍拿著手機，懸在空中，讓高景海忽然覺得有哪裡怪怪的。

「……你是在跟我要聯絡方式嗎？」

「你不想要我的嗎？」

楊明熙看著高景海，眼神既冷淡又充滿難以解釋的神祕魅力，彷彿被他看著的人都會被征服。

高景海接過手機，畫面裡是輸入ＬＩＮＥ帳號或手機號碼的地方。他鬼使神差地輸入，找出自己的用戶名，之後在楊明熙的眼神壓迫下，他按下了「加入好友列表」，然後自己的手機就收到了提示。

楊明熙拿回自己的手機，表情頗為滿意，「現在，你還有其他問題嗎？」

「友群生技的股價是你炒的吧？」高景海丟直球。

「哈哈……」楊明熙輕笑，「你的想像力真豐富，要不要去寫小說？從一張照片就能推測出我在炒股，你怎麼不說梁孝鴻是我的男朋友，我們正在咖啡廳約會呢？」

「你們是嗎？」

「當然不是！」楊明熙即使否認，臉上的笑容也沒有減少半分。

這反倒讓高景海起了疑心。這兩人真的一點關係也沒有嗎？不，他們很明顯就是跟股價有關係！難道是梁孝鴻拜託他的？因為梁孝鴻是他男——不對！他剛剛自己都否認了！

他否認的時候為什麼要笑？拜託氣急敗壞地否認啊！

「台股又不是只有友群生技一家在漲，你不是分析師嗎？你應該知道現在行情很好，去分析別的吧。」

聽到這有點酸的口氣，高景海察覺到楊明熙在生氣，但他不知道生氣的理由，只能推測是因為被他揭了底，楊明熙才會不高興。

「楊明熙，如果你是友群生技的主力，那你應該知道他們的現況。第三期臨床試驗還沒做就發一堆新聞稿、一連漲好幾天，你根本是在騙散戶進場。」

「你怎麼知道我不是發給其他主力看的呢？」

「什麼？」

「股票水很深，你要是不喜歡的話，別碰不就好了？」

「那是我的工作！」

「你的工作包括跟蹤我、偷拍我，然後問我金管會看到我們的照片會有什麼感想？我覺得金管會可能會把梁孝鴻誤會成我的男朋友，那我要怎麼跟雙方父母解釋呢？有錢人都很保守，你這樣會掀起家庭風暴的！」

「誰、誰會把他當成你男友啊?」

高景海快氣死了!這傢伙……這傢伙根本……

他有恃無恐,高景海知道。

一張照片證明不了什麼,尤其是兩人是在光天化日下見面,那個箱子裡裝了什麼也只有他們自己知道。再說,像楊明熙這種等級的人,怎麼可能會讓自己留下把柄?這也是高景海不敢到星海集團總部大樓找人的原因,因為弄得不好,會是他被星海的法務告。

但在酒吧偶遇,就不一樣了。

「我先聲明,我沒有跟蹤你!」

「你跟蹤的是梁孝鴻。」楊明熙馬上就看出來了,「我以為投顧老師都很忙的,要照顧會員、要拍影片、做技術分析、調查產業面,你居然還擠得出時間當跟蹤狂?難怪你一直不來草叢酒吧,我等了好幾天都沒看到你。」

「你在等我嗎?」高景海懷疑自己有沒有聽錯。

「那一晚很棒。」楊明熙聳肩,但語氣間多了幾分真誠。

「……我也覺得很棒。」高景海道。

楊明熙從皮夾裡拿出一張名片,正是高景海那一晚遞給他的名片。

「高景海,我給你兩個選擇,你可以在嘈雜的音樂下繼續闡述你有多反感我的作為,但我不一定會聽；或者，你要讓我吻你，我們可以去找一個安靜的地方做愛。」

高景海放下手機，拿起高腳桌上的香檳，一飲而盡，然後吻住了楊明熙的唇，動作一氣呵成。

楊明熙的手放在高景海的腰上，慢慢往上摸，一邊摸一邊抱。他兩隻手都緊緊抱著，手掌在高景海的背上撫摸，襯衫都被他弄皺了，但高景海也不願放開他的唇。楊明熙還像吸住了高景海的舌頭，轉過身來，把人壓在牆上。

樂團的表演越來越嗨，連在擦桌子的老闆都跟著搖頭晃腦，靠在牆上的高景海卻閉上眼，任由楊明熙從他的嘴唇親到脖子。

高景海的領帶鬆開，楊明熙的西裝外套掉在地上，他們的身體貼在一起，就像在跳熱情的拉丁舞。

第四章

來不及搜尋地圖上的五星級飯店，他們隨便找了個附近的房間。沒有早餐券，沒有櫃檯小姐的寒暄，房間裡只有一張雙人床。

高景海被推倒在床鋪上，迎面而來的就是熱烈的吻。

他的嘴裡像被塞進了異物，滑溜溜的，一直亂竄。他的嘴唇濕潤，口水流到嘴角，他覺得自己如今的模樣一定狼狽不堪，所以他閉起了眼，逃避會逐漸失控的自己。

他的襯衫被往上掀，楊明熙的手抓住他的胸部。像在揉捏女人乳房似的，楊明熙的手抓著扁平的男人胸部，反而讓高景海覺得有點痛。高景海想推開那隻手，那隻手卻捏了一下他的乳頭，讓他想叫也沒辦法，因為嘴巴早已被一個結實的吻堵住了。

高景海皺著眉，他不知道自己面色緋紅的樣子盡收在對方眼裡，楊明熙看他沒有厭惡的樣子，手越來越肆無忌憚。

「唔……唔！」

乳頭在對方的揉捏下逐漸變硬，像一顆不聽使喚的小兵，胡亂對長官抬頭。楊明熙把高景海的襯衫掀到胸口之上，而高景海的領帶還繫著，模樣看起來十分淫亂。

「你、你真的很喜歡接吻耶……」高景海喘著氣道。

「你不喜歡嗎？」

楊明熙撐著手臂，俯瞰高景海。雖然他的語氣從容，高高在上似的反問對方，但高景海能察覺到他褲襠間的隆起。

高景海故意用自己的腿頂那個地方，「我喜歡，但要看對象……」

「那……我是那個對象嗎？」楊明熙問。

高景海微笑而不答，他摸著楊明熙的臉頰，從床上爬起來吻住楊明熙的嘴唇。他的吻法跟楊明熙不同，楊明熙顯得積極躁進，他則表現得好像不在意，讓楊明熙又把他壓回床上。

楊明熙狂熱地親吻著高景海，彷彿好久不見的愛人遠行歸來，他要把握良宵，但高景海卻在楊明熙眼裡看到「跟上次一樣」的眼神。

楊明熙確實很急，但他也懂得克制自己。他就像來到無人的遊樂園，每一項設施都不用排隊，他的時間卻有限。他看著高景海，像在思索要先搭摩天輪還是海盜船，畢竟他沒有分身，一次只能搭一種，就像他的陰莖只有一根。

還是那個像在看物品的眼神，高景海心想。

但高景海此次心裡沒有戰慄感了，他的腦袋反而清楚得很。

「我聽說……」高景海趁著接吻的空檔，在楊明熙耳邊低語：「星海的主力很硬……」

他抓住楊明熙的褲襠，摸到勃起的形狀。

楊明熙眼神一變，但他們兩個人靠得太近了，高景海沒有發現。

「哦？怎麼個硬法？」楊明熙勾起嘴角，輕輕一笑，很快就將眼裡的寒意抹去。

「你的遊樂場……」高景海的手指沿著陰莖的形狀撫摸。雖然隔著布料，但他可以感覺到那底下的膨脹，他想看這男人可以忍到什麼地步，「你不喜歡別人在你的遊樂場亂來，因為你在那裡就是老大……」

「自己一個人玩有什麼樂趣呢？」楊明熙抓住高景海的手腕，有意制止對方摸下去。

高景海有點愣住，因為他覺得自己的手法還算不錯，應該不會讓對方不舒服，但楊明熙完全沒有沈醉在他的溫柔鄉裡。

「遊樂場就是要聚集多一點人來玩，自己一個人只有左手跟右手，怎麼玩得起來？」楊明熙的態度驟變。

他從床上下來，讓高景海不僅愣住，還很傻眼。

「噯，你……你……」

楊明熙撿起一進門就被丟在地上的西裝外套，從口袋裡找出手機，「我叫人過來，要嗎？」

「什麼？現在？」

「對啊，我看看……嗯……這個時間，群組裡的人還是很多，大家都不睡覺的嗎？」楊明熙滑起手機，那認真低頭的模樣讓高景海的慾望瞬間冷下去。

「群組？什麼群組？」高景海衝下床，但又瞬間煞住腳步，「群組……難道是約砲群組？

你有約砲群組？」

「這年頭誰沒有？」楊明熙淡定到不行。

「你有約砲群組……你居然會用群組約砲……」不知道為什麼，這比股市大戶有群組，一起約好買進買出還令高景海感到震驚，「那應該是你的後宮群組吧？裡面有多少人？」

「想加？」

「我只是好奇！」

「……」楊明熙臉上笑笑的，望著高景海。

高景海猜不出這男人的意圖，「我先聲明，要叫人來玩可以——我平常也很愛玩，只是我工作太忙——但我不喜歡你的雞雞先插過別人再來插我！我也不喜歡你拿插過別人的雞雞塞到我嘴裡，你懂嗎？這是先後順序的問題。」

楊明熙覺得自己不太懂，「所以先插你，就可以塞到你嘴裡嗎？」

「不行！」高景海快爆炸了，氣到快爆炸！「我剛剛不是說了，這是順序問題！」

高景海的手比上又比下，模樣十分滑稽，「有人可以，但我不行，我就是沒辦法接受！」

「那如果先塞你嘴裡，再插你下面呢？」

「呃……啊？」高景海的腦袋有點卡住。

「如果在插別人之前先塞進你嘴裡，再插你下面，然後再塞到別人的嘴裡或下面，你就可以接受？」
「呃，等等，等一下……」
高景海沒辦法一次消化這麼多訊息。
看到高景海猶豫的樣子，楊明熙掩嘴偷笑。最後，他實在忍不住笑出聲來。
看到楊明熙笑得那麼開心，高景海完全傻住——現在是什麼情況？
「其實，我很少在網路上約人。」楊明熙把手機放上床頭櫃。
「網路很方便，但我覺得風險太高了，我可不希望每一個跟我睡過的人都出去宣傳我是星海集團的楊明熙。所以，還是現實中能見到的比較安全，尤其是，第一次見面就把名片交給我的人。」
怦怦，高景海忽然感覺到心跳——
「名片上有你公司的電話和你的手機，但那應該是公司發的號碼。我不喜歡把私事搬到檯面上，所以我又回去同一間酒吧，希望能遇到你。」
遇到我……
高景海怔了怔，他沒想到自己聽到這麼平淡的詞彙會悸動不已。
「我也在找你！我去了好多家店……」
高景海積極的態度卻換來楊明熙懷疑的目光。

「為什麼要去別家？」

「呃……」

「我們是在草叢酒吧認識的，你為什麼要去別家店找我？」

「因、因為……」

高景海不能說是因為小森的情報。記者沒辦法蹲點拍到楊明熙，就是因為楊明熙不會固定去某一家店，所以高景海就把市區知名的酒吧、夜店都跑過了一遍。但如果高景海沒有事先知道楊明熙的偏好，他就應該要回草叢酒吧。他找人的首選不是草叢酒吧，就表示……

「哈哈哈！哈哈哈哈！」高景海笑了起來，想以此化解尷尬，「因為……因為我之前沒看到你……還以為你不來了，所以就想，也許會在別的地方遇到你。」

「原來是這樣。」楊明熙看起來釋懷了，但高景海也不知道他在釋懷什麼，「我有幾天比較忙，我們可能剛好錯過了。」

「是啊……哈哈……」高景海點點頭，在心裡偷偷喘了一口氣。

「既然我們這麼有緣，那要不要繼續？」楊明熙對高景海伸出了手。

「……」高景海看著那隻手，他的幻想與現實重疊了。

看到楊明熙在草叢酒吧跳舞的時候，他就幻想過如果楊明熙能像騎著白馬的王子、穿著白衣的騎士，對自己伸出手就好了……

「要……從哪裡繼續？」

高景海慢慢走到楊明熙面前，也伸出了自己的手，放在楊明熙的掌心。

楊明熙突然把人拉過來，他的手臂環抱著高景海的肩膀和背，就像粗壯的蛇纏繞在高景海身上。高景海沒辦法看到楊明熙的表情，但他能感覺到楊明熙在他頸邊呼出的熱氣，聽到楊明熙低沈的嗓音：

「從你說我『很硬』那裡開始。」

浴室裡，兩人脫去衣物。

熱水淋下來，高景海卻覺得楊明熙的嘴唇比較燙。

楊明熙從背後抱著高景海，親吻著高景海的後頸。健壯的手臂環繞在高景海的胸前，彷彿要給他依靠，一隻手卻又握著他的陰莖，上下摩擦，並時不時用指尖玩弄著頂端，讓那裡不斷沁出蜜液。

高景海把頭往後仰起，大口呼吸、大口換氣。他的手貼在楊明熙的手臂上，看起來就像和楊明熙一起抱著自己。

高景海能感覺到自己的胸口一直怦怦跳著，但他不確定那是熱水澡的關係，還是楊明熙的手一直在挑逗他的關係，讓他情慾高漲。他覺得自己好像快昏倒了，他的屁股上也一直有東西在磨蹭，讓他心癢難耐。

「不……不可以插進去……」高景海反手摸著楊明熙的臉頰。

「我知道。」

聽到楊明熙低沈又有磁性的聲音，高景海發現自己更硬了。楊明熙一手玩弄著他的乳頭，還一手在幫他打手槍，雙重刺激讓高景海覺得自己腳都要軟了，只能無力地抓著對方的手腕，希望自己還站得住。

「啊啊……啊……」

別人的手掌觸感不一樣，手勢和動作的頻率也不一樣，但是很舒服，舒服得讓他不想停下來，舒服到覺得一切都可以放棄、都可以屈服。

高景海把頭靠在楊明熙肩膀上，在射精時閉上眼睛，抓住楊明熙的手，楊明熙也抱緊了他的身體，感受他高潮時的顫抖。

他們的身體緊密地貼在一起，契合得沒有空隙。

高景海又有那種「錯覺」了——他覺得自己像被這個男人愛著，男人的手臂會抱緊他，為他抵擋這世上的一切邪惡，就像騎士會戰勝高塔外的惡龍，拯救公主。

但現實是，他只是在跟一個陌生人打砲而已。

他也不想暈得這麼嚴重啊！

高景海摸摸楊明熙的手臂，示意對方可以放開他了，但那雙手臂才剛鬆開，高景海只是稍微站不穩，手臂又馬上抱著他。

這次是面對面抱著，高景海的臉差一點就貼上楊明熙的肩膀。兩人的胸膛靠在一起，高景海都不知道跳得比較快的是他的心跳，還是對方的……

應該是他的吧？不可能是楊明熙的。

高景海伸出雙手抱住楊明熙，兩人靜靜地靠在一起，任由熱水讓浴室都是蒸氣。

高景海心想，自己之後一定會回味起這個擁抱的，因為他好久沒有跟誰這樣擁抱過了。擁抱不是打砲前的必要步驟，但這個擁抱讓他覺得自己是備受重視的，對方不僅給了他溫暖、依靠，還像一個棲身之所，讓他能平復射精後的空虛與焦躁。

楊明熙的手也很守規矩，只是抱著高景海，彷彿也在感受這一刻的溫存。即便他還硬著，他的手也沒有亂摸。高景海不禁想，這個人還真是有風度。

高景海關掉蓮蓬頭，跪在楊明熙面前，把那蓬勃的性器含進嘴裡。他沒辦法一下子含進整根，因為太大了，但他的手摸著自己含不下去的部分，彷彿要把每一吋細微的神經都照顧到。

他含一下又舔一下，以舌頭取代他的手，像一個奴隸跪在主人面前，虔誠而卑微地舔主人的陰莖。

楊明熙摸著高景海濕潤的頭髮。他可以看到高景海把那根含下去的時候，臉頰有一邊凸起的形狀——他的形狀。那是視覺上的刺激，不亞於黏膜接觸帶來的快感，楊明熙靠著淋浴間的牆壁，嘴裡溢出粗重喘息。

最後，高景海口手並用，他想快點讓這個男人解放。

「喂，放開……」

精液射在高景海臉上，有一滴沾到了他的唇邊。他用一根手指將其抹去，再將指尖含進嘴裡，像一隻偷吃的小貓。

讓人慾火中燒。

回到房間，高景海躺在床上，楊明熙從正面進入他。

高景海有點意外，楊明熙居然沒有把他翻過來壓在床上。其實要壓也不是不可以，上次那個屁股翹高、感覺很羞恥的姿勢其實還挺舒服的，他回去之後把那段回憶當成素材ＤＩＹ了很多次，他都懷疑自己是不是Ｍ了。

而且，楊明熙的動作看似霸道，好像不顧他人意願，想怎樣就怎樣，但是他的嘴唇又溫柔到令人忘我，他的眼神專注而明亮，讓高景海感覺到當下「只有我」——只有我是他最重要的人，所以，高景海其實不介意被丟到床上壓著。

但楊明熙這次沒有壓他，而是緊抓著他。楊明熙在他的腰下墊了個枕頭，把他的雙腿朝天打開，抓著他的腳踝，進入他的後穴。

這個姿勢對高景海來說也有點羞恥，因為全身都在對方眼皮底下一覽無遺，楊明熙可以欣賞他鬼吼鬼叫的醜態，不過他只想閉上眼睛，感受對方幹他時的爽快。

「啊……啊啊……啊……」

不想管那麼多了，既爽又舒服，除了有一點點小困擾……

其實，在楊明熙眼中那不叫醜態，他覺得這個人非常可愛。

高景海有意迴避眼神接觸，他臉紅紅、好像很害羞的樣子讓人欲罷不能。楊明熙把高景海的腿分得很開，卻覺得還是不夠，他換一種方式讓高景海夾著他的腰，自己則慢慢趴下來抱著高景海的身體，頂到深處。

「啊啊……！」高景海仰頭驚呼。

趴在他身上的男人在親吻他的胸部，含著他的乳頭，吸吮的力道讓他全身感到戰慄。他抱著對方的頭、肩膀，兩人的身體契合地貼在一起，下半身也變得更緊密。

在這種緊密的狀態下，讓高景海困擾的就是他沒辦法……摸到自己。

「喂，你——」

「哈啊……」

楊明熙的嘴唇靠在高景海耳邊，只需一聲婉轉嘆息，就讓高景海全身酥麻得像那聲嘆息是他自己發出的。他一瞬間忘了自己要講什麼，只覺得這男人好性感……連幹人都這麼迷人。

兩人結合的地方滑溜溜的，不斷地發出水澤聲。高景海的腳指忍不住縮緊，全身也緊繃起來，他想推開楊明熙的肩膀，但楊明熙緊抱著他不放。

「喂，你……放開我一下……」

「要幹嘛？」楊明熙問歸問，但他可沒打算停下來。

「你太黏我了！」

「所以呢？」

「你起來一下——！」高景海連眉頭都皺起來了。

忽然，他隱約察覺到這男人是故意的。

楊明熙不僅沒有「起來」，反而緊抱著高景海。高景海勃起的陰莖就貼在他的腹部，他不可能沒有感覺到。

所以，他明明感覺到了，卻仍執意這麼做，就表示他還記得高景海的性癖。

「你……讓開……」

高景海更肯定了，楊明熙就是知道他需要自己摸，才會用這種緊貼的姿勢。

「你知道做股票需要什麼特質嗎？」楊明熙在高景海耳邊低語起不相干的話題，「一顆靈活的頭腦、靈活的手段，放棄變化就等於自尋死路，所以，讓我們來嘗試新的方式吧？」

「你放開我……」

「真的要我放開嗎？你要我離開，從此不回來？」

「……」高景海眨了眨眼，胸口突然一驚。

眼淚不知道在什麼時候被擠出來，濕潤了睫毛。

因為他好怕。

如果他此時叫停、把楊明熙趕走了，楊明熙會說他不會再回來了，那不是會只剩下他被留在搖晃的大海上，被暈到船翻覆，然後溺水嗎？

「不……不要走……」高景海也不知道自己怎麼會變得這麼多愁善感，可能是對方的陰莖還插在自己體內的關係。他抱緊了楊明熙的肩膀，把熱氣都呼在楊明熙的脖子上，「幹我……可是，我好漲……」

「我不會離開你的……」楊明熙親吻可愛的小嘴，一邊把高景海的手抓起來，壓在床上。

「吼，你真的很喜歡……」高景海的情緒稍微平復了一些，讓他有餘力對楊明熙投以一個輕挑的眼神，「說什麼放棄變化就是自尋死路、做股票要靈活，你也有你獨特的習慣，你知道嗎？」

「我？」楊明熙皺了一下眉，心多跳了一下，「我可能怎麼會有……」

他不喜歡有人看破他的手法，因為那意味著他會輸錢。

「我是說壓人啊，壓人！」高景海嘖了一聲，「你很喜歡把人壓在牆上、床上……還有什麼地方？」

「下次我們可以試試看桌上跟地板上。」楊明熙微笑。

果然是靈活的腦袋！

「好了啦，放開我……」高景海換用撒嬌的語氣，被壓住的手腕也作勢掙扎了一下，「舒舒服服地做不好嗎？你做你的，我做我的……」

楊明熙放開高景海的手腕，但他沒給高景海把手往下伸的時間，就抱住高景海的身體猛力抽插。

突如其來的刺激讓高景海忍不住呻吟，他抓著楊明熙的肩膀、抓著他的背。他的陰莖一直在對方的腹部摩擦著，變得又紅又熱，他卻摸不到。

「啊啊……」他快要哭了。

高景海不知道，他的淚水變成了另類的刺激。

楊明熙親吻高景海的臉頰，舔去了鹹濕的淚花，他的嘴唇有多溫柔，他的肉棒就有多猛。

「啊啊……啊……啊！」

高景海可以感覺到對方在他身體裡的激動，那健壯的手臂抱得他的身體就快斷了。他覺得自己像被拋上了空中，又狠狠地打下來。

他真的不行了。

「啊啊……」高景海將頭往旁邊偏，不想面對。

楊明熙射了就退出來，但他看到高景海的性器還腫脹著，前端分泌出淫水卻還沒射，心裡有點愧疚。

「嗚……唔……」高景海伸手摸自己。

他已經認命了，他不想管這個男人要幹嘛，也不想浪費口舌去生氣，他只想讓自己快點解放，「哈啊……啊……」

摸得正舒服的時候，楊明熙突然俯下身，含住他的性器前端，把高景海嚇了一跳。但那觸感比用手摸還好，濕濕熱熱的，高景海很快就射了。

高景海無力地躺在床上。這時楊明熙走進浴室，高景海聽到了水聲。

他突然覺得好累，一根手指頭都不想動，雜亂的思緒都被清空了。

房間裡只有一張床。

一張床，這不是很正常的嗎？通常房間裡都是只有一張雙人床，是楊明熙比較特殊，他喜歡訂兩張單人床，而且是足以擠下兩個人的加大單人床。

才睡過一晚，高景海就發現自己的口味被養壞了。他爬起來抽了幾張衛生紙，擦拭完自己又躺回床上。

不管了不管了，一定要先睡一下！

高景海才剛閉上眼睛，就發現燈光被調暗了，身旁的空位有人擠過來。

高景海仰面躺著，雙手抱著棉被一角，放在自己的身上。他感覺到手臂被對方碰到，對方似乎也跟他用同樣的姿勢躺著，手臂才會靠在一起。

高景海張開一隻眼睛，然後是第二隻，轉頭看到楊明熙也躺了下來，「你今天不回去嗎？」

「有點晚了。」楊明熙閉著眼睛說話。

那理由聽起來很爛，但高景海沒說什麼，反正房間的錢是楊明熙付的，他想睡床、睡地板還是閃人都是他的自由。

不知道躺了多久，高景海都快睡到另一個世界了，忽然感覺到有人在摸他的……手。

「……」手？

高景海緩緩張開眼睛，看到楊明熙正在摸他放在胸口上的手。

楊明熙側躺著，靠在高景海身旁，在昏黃的床頭燈下，他的眼睛半瞇，不知道在想什麼。

「你在做什麼？」因為還很想睡，高景海講話有點鼻音。

「你對我做過背景調查，你對我了解多少？」楊明熙低聲地問。

「我沒有對你做過背景調查……」高景海下意識就想否認。

「我們上次見面的時候，你只知道我的名字，我們這次見面的時候，你連我爸爸是誰都知道了。這樣還不算做過背景調查？」

「……」高景海無以反駁。

他嘆了一口氣，裝作很無奈的樣子，但是很快就想好自己該說什麼了。

「是啊，我知道你爸爸是誰。我知道你爸跟你媽在你小時候離婚，你現在的媽媽是繼母，你有兩個沒有血緣關係的弟弟、一個同父異母的妹妹，她才十歲。」

「哈哈，調查得很詳細啊。」楊明熙笑了，但他笑得毫不在意。他握住高景海的手，拇指輕輕摩蹭著，「我爸媽離婚的時候我不小了，都高三了。」

那跟高景海聽說的「小時候」確實有點出入。

「我爸跟我媽離婚後，馬上跟他的祕書再婚。當時的無縫接軌引來很多記者寫故事，但我爸把他們都壓下去了。」

「你一定很難過吧？」高景海回握住楊明熙的手。

會主動說起過去的男人，通常都是想要一點安慰，但楊明熙卻抽回自己的手。

「正好相反……」楊明熙從側躺改為正躺，看著天花板，「我媽從沒來參加過學校的家長會，都是我爸來的。不管他多忙，他總是可以過來，我小時候的聯絡簿都是他簽的，我爸會一邊回信一邊跟我講話，他一邊跟我講中文，電腦裡打的都是英文。」

那是高景海沒聽過的豪門內幕，他相信即使是小森也打聽不到。

「抱歉，我的故事太無聊了。」

楊明熙面帶微笑，想為自己把氣氛弄僵而道歉，但高景海認真聆聽的樣子讓他逐漸收起笑容。

高景海都不記得自己小時候有沒有簽聯絡簿了，他連自己讀大學和研究所時半工半讀的事都快忘記了，因為那段過程太艱辛。但他相信如果是楊明熙，一定會直接在學校旁邊買一棟房子。

「哈哈，你跟我說這些，不怕我賣給記者？」高景海注意到氣氛有點變了，於是改用揶揄的口吻。

「沒有人敢寫，你放心好了。」

「既然沒有人敢寫，我說出去可能也不會有人信……」高景海猶豫再三，還是拉起楊明熙的手，把那隻手放到自己胸前，「你可以放心地說，反正我聽一聽，明天就會忘了。」

這只是因為那隻手的重量能讓他安心，只是這樣而已！

楊明熙調整了一下姿勢，他側躺在高景海身邊，將手放在高景海的胸口上。他不知道高景海會不會忘記，但做股票的人記憶力都很好，這不需要他明示。

「我爸對我繼母的兩個兒子很好。」楊明熙繼續說故事，「他們上大學的時候，我爸為他們一人買了一輛車，方便上下學。」

「那你呢？」

高景海推測會聽到後母虐待灰姑娘的故事，畢竟可以那麼快就上位，楊明熙的繼母肯定有她的本事。

「我拿到一台藍寶堅尼。」

「……」高景海覺得這是炫耀，活脫脫的炫耀！

「我爸已經有一台藍寶堅尼了，他想把他那台舊的送我，但我想要新的。我一氣之下離家出走，飛去義大利原廠買，順便在附近玩，但我不知道要怎麼把車子運回台灣，只好在回國前又把它賣掉。我後來才知道可以走海運，虧我家還有船隊，唉……我以前很叛逆。」

「……」

高景海不知道要從哪一點開始吐槽。是要吐槽高等級的離家出走，還是把車子賣掉的神鬼操作呢？

不過他知道船隊的事。星海集團早期是做電子零件代工的，為了將代工品送到國外客戶手上，他們自己開了一支船隊。船隊以貨櫃輪為主，為了養這支船隊，他們收購了鋼鐵工廠製造貨櫃，順便也煉出一堆鋼筋材料，然後進軍建築業、跨足房地產，技能樹點得很漂亮。

「那你呢？」楊明熙突然問。

「什麼？」高景海不解。

「你已經知道我家的事了，讓我知道你家的不為過吧？」

要禮尚往來是嗎？高景海道：「我爸媽很平凡。」

「有多平凡？」

「他們結婚三十年了，到現在感情還是很好。我每次回老家，都得看他們放閃。」

「你覺得平凡，但我覺得那很幸福。」

楊明熙的語氣始終很平靜，好像那都已經過去了。如今他長大了，早就走出來了，而且他對現況十分滿意。

但高景海總覺得事實不只如此，因為家庭問題永遠都不是兩三句就能解決的。

「你也可以打造屬於你的幸福。」高景海翻身，跟楊明熙面對面。

楊明熙有些意外，「你說『打造』？不是尋找或擁有，而是打造……？」

楊明熙看高景海的眼神都不一樣了，但高景海昏昏欲睡。他枕著楊明熙的臂膀，楊明熙在棉被底下的裸體讓他有些心蕩神馳，因此沒有注意到楊明熙的眼神。

「嗯……」高景海摸到楊明熙的腰，腹側的肌肉也很硬。

楊明熙的嘴角勾起微笑，「再做一次？」

「但你說有點晚了……」高景海的聲音有鼻音，聽起來像隻傲嬌的貓。

「我有帶很多套子，不只一個。」

$ $ $

陽光照進窗簾縫隙，高景海被浴室的水聲吵醒，他看了一下在床頭櫃充電的手機——六點四十三分，他還有時間回家換衣服、在路上買早餐，趕在八點半進公司。

「嗯……」他從床上爬起，頭毛亂翹。

身體裡仍殘留著疲憊的感覺，垃圾桶裡也有用過的保險套，腦袋裡……都記得！

高景海坐在床上，後悔與羞恥的感覺如海浪一波波拍打上來。

他的腦袋裡裝滿了昨晚的回憶，除了最後做了幾次他不想去數以外，他們是怎麼相遇的、說過的話、他在酒吧裡吻了楊明熙的一幕，高景海都記得很清楚。

「啊啊……」這是後悔的呻吟。

昨天晚上太美好了，讓高景海無法狠下心來，但他沒忘記自己接近楊明熙的目的。

如果楊明熙只是一個普通男人……普通的有錢男人，或許他可以把這當成一夜情……或是好幾夜情，但偏偏楊明熙是一位「主力」。跟著主力做股票就可以賺大錢，高景海不想放過這個機會。

「唉……」這是痛苦的嘆氣。

腰好瘦，他需要加價按摩。

高景海正想找衣服穿上的時候，發現自己昨天脫下來的衣服都折好放在床頭櫃上了。

這不是他做的。

「連內褲都……」高景海不禁想像楊明熙像打掃女傭一樣把髒衣服都撿起來，折好放好的模樣，「他到底有多能幹……」

如果楊明熙像野獸一樣把衣服全撕了，高景海可能不會感到意外，但是會做家事、溫柔體貼，不讓對方出錢又懂得「Lady First」……嗯，高景海不知道該怎麼評論，但是這菜色太優，不像人間會有的。

咚咚咚咚！

高景海著急地敲門，「你快一點！」

不久後，浴室的門開了。楊明熙下半身圍著浴巾，頭髮濕濕地垂下來，貼在額頭與後頸。他的身上留有還沒擦乾的水珠，但高景海不想多看。

「抱歉，我尿急！」高景海推開楊明熙。

楊明熙仍站在浴室門口，沒有要把門關上的意思，「需要幫忙嗎？」

「幫忙什麼？」

高景海穿著一條內褲，猛然轉頭，心想，這傢伙是不會看眼色嗎？

「扶著。」楊明熙來到高景海身後，伸手就摸到雙腿間。

隔著內褲，那裡的形狀很明顯。

高景海的臉瞬間爆紅，嚇到說不出話。

「我還有多餘的手，也許我可以讓它吐出不一樣的東西。」

楊明熙的手指沿著那裡的形狀摸過，高景海覺得自己的小寶貝好像甦醒了一樣，變得又漲又痛的，很不舒服。

「你出去——！」高景海怒吼著把人推開、用力把門關上，他可以聽到外面有楊明熙的笑聲，讓他好想撞牆。

雖說男人脫了衣服就會變一個模樣，但這個人跟上次的態度也差太多了！就這麼想再來一砲？

高景海解決完生理需求就進淋浴間，打開蓮蓬頭。

熱水很舒服，腰痠背痛都緩解了，腦內會議也隨之展開。

第N屆腦內會議，開議！

主持人：阿海的潛意識

「趁這個機會，大家有什麼話趕快說。」法官海拿著法槌，敲了敲空氣桌。

「昨天晚上真棒，但是多來幾次就受不了了，小屁屁會被玩壞♡」沒節操的阿海對昨晚的記憶仍回味不已。

「不想上班……」疲勞的阿海想到上班打卡制、下班責任制就一臉苦瓜臉。

「大家聽我說！」理性的阿海突然殺出來，「那不是你去找他的目的啊！你又不是為了打砲才去找他的，雖然那一砲是很爽沒錯……不對！想想你為什麼要花那麼多天流連在不同酒吧，不就是因為你知道他是主力，想利用他嗎？」

「不可以～他是坑殺散戶的主力大戶，絕對不可以跟他聯手～」正義的阿海在一旁吶喊，還眨著大眼珠，一副很可憐的樣子，但都沒有人理他。

「笑死，有錢賺不賺？錢擺在你面前，大家都是舔狗啦！」邪惡的阿海勾起邪魅的笑容。

「不要那麼快出手，韭菜都要等長高了再收割。如果要利用他，應該等到他對你神魂顛倒的時候再開口，成功率會比較高。」誘惑的阿海露出一邊肩膀，衣服都不穿好。

「我等不及啦！」邪惡阿海跺腳大鬧。

「你知道你一旦開口，不管有沒有成功都回不去了吧？」天使阿海發出聖光，「如果想跟他發展成固砲，他應該是不會狠心拒絕。但扯到錢就不一樣了……」

「嗳，你是天使耶，怎麼可以講『固砲』？」邪惡阿海吐槽，「你不是應該要講真愛無敵、不要放棄這一類的嗎？」

天使阿海聳肩，「人都是有慾望的，再說，昨天晚上是真的很爽。」

理性的阿海再度力排眾議，占據多數席位，「你沒有忘記會投資的男人是不能碰的吧？如果是買基金、放放定存就算了，那種把投資當生活重心的人絕對不要跟他們扯上關係！」

「好了，大家的結論是——」法官海敲下法槌。

高景海關掉蓮蓬頭，走出浴室，「楊明熙！」

楊明熙已經穿好衣服了，正在滑手機，「你早上要吃什麼？我查了一下，這附近有很多早餐店，應該是旅館沒提供早餐，所以才會開那麼多家。我喜歡台式早餐店，有很多選擇，但我不喜歡點餐的時候後面的人一直瞪我……」

「楊明熙，」高景海解開圍在身上的浴巾，露出年輕赤裸的胴體，「跟我做交易吧！」

第五章

趙祕書的一天，通常都是從一杯咖啡開始的。

他九點進辦公室，開始處理各式各樣的雜事，中午十二點吃中飯，下午三點多吃下午茶，晚上七點下班。

很多人會覺得很奇怪，他做為一位祕書，怎麼可以比老闆晚進辦公室呢？

因為他不碰股票。

趙祕書的工作多為情報蒐集、資料整理，他神通廣大，在各個領域都有人脈，但他不碰楊明熙要投資的標的，也不為楊明熙做買進賣出的動作，不操盤也不看盤，他只有在找資料的時候會爬一下證交所的網頁。

如果趙祕書不是在處理資料，那就是在處理楊明熙的雜事。有人想跟楊明熙開會、吃下午茶，都得透過趙祕書，他還身兼代訂甜點、代買水果和打電話叫專櫃經理帶新一季的西裝來辦公室，給楊明熙試穿的任務。

這天，會議室變成了試衣間，楊明熙穿著深藍色西裝，對著鏡子看來看去。

趙祕書站在一旁等著。他有預感，今天會很漫長。

「我無法決定哪一條比較好。」

楊明熙的脖子打著一條銀灰色領帶，上面有復古的花紋。經理手上也拿著一條銀色的領帶，上面也有復古的花紋，這兩條的區別只在於灰色的彩度，一條看起來有點偏藍，一條有點偏紫。

「兩條都很適合您。」經理諂媚地笑著。

「但我只想要一條……」楊明熙顯得很苦惱。

趙祕書有點煩躁。因為憑楊明熙的財力，他要買一百條都不是問題，幹嘛浪費時間思考這種小問題？但他畢竟不是楊明熙，他只是領人家薪水的，乖乖閉嘴就好。

楊明熙把兩條都拍下來，傳到家庭群組裡，一共有四個人看到了他的訊息。

一個是在聽取部下報告的楊董事長，一個是在旁邊紀錄的祕書、同時也是他的妻子，一個是在跟客戶開會的亞太區分部長，一個是遠在泰國的總經理。

分部長和總經理看到訊息，直接把通知關掉。楊董則嘆了口氣，把正在報告的部下嚇了一跳，只有楊董的妻子回訊息。

媽媽：兩個都好看！（讚）

「真是的，這些人都不會給我有用的意見！」

楊明熙關掉手機螢幕，過一下子又打開，但聊天頁面裡始終沒有他想收到的訊息。

他把領帶鬆開，西裝脫下來，「我全都要了。」

「是，謝謝楊少爺。」經理笑得更諂媚，「我回去幫您整理好送到府上，可以嗎？」

「可以。出去吧。」

「是。」經理推著一桿衣服離開了。

「趙祕書，我想要問你一個問題。」

楊明熙穿回自己的西裝，在對著鏡子調整衣領時，看到站在自己身後的冷面眼鏡男。

趙祕書的年紀比楊明熙大，三十多歲了，沒有人知道他下班後除了回老闆的訊息以外還會做什麼，但他的十根手指頭都是空的，沒有戴任何飾品，例如戒指。

「如果我給某人我的聯絡方式，就是希望他聯絡我，對吧？」

「呃，應該是？」

趙祕書其實不知道老闆為什麼要問他這種問題，他又不是維基百科。

「如果我跟某人交換了ＬＩＮＥ，那就是希望他會傳訊息給我，對不對？」

「……」

有員工偷偷過來，把平板遞給趙祕書。

「我們之間是有一些不愉快，但他都有我的ＬＩＮＥ了，都不用來跟我道歉嗎？我覺得是我被冒犯了，是他不對在先，但他一直沒有來跟我道歉！」楊明熙把不合意的領帶摘掉，用力拍在會議桌上。

專櫃經理把楊明熙屬意的兩條領帶都留在桌上了，楊明熙看到那條顏色偏紫的領帶，就覺得那顏色很適合某人。

「抱歉，我都幾歲了，還控制不好自己的脾氣，真是太不專業了。」楊明熙看起來很氣餒，嘆了一口氣。

趙祕書看到平板上的數字，再看看楊明熙，茅塞頓開——原來是少爺您心情不好，難怪公司的股價很疲軟。

「趙祕書，很抱歉跟你說這種話，但是也很謝謝你，謝謝你聽我說。」

「不會，這是我該做的。」

「下午幫我把財務和法務叫過來，這個月賺得太離譜了，我懷疑是不是有人把數字寫錯了。」楊明熙話鋒一轉，他的辦公桌上就擺著星海集團的財務報告。

趙祕書不認為星海集團會在財務報告上作假，至少他對公司有這樣的信心，「會計部應該不會出錯。」

「我知道，是因為漲價的關係。因為歐美那邊的法規有變，造成我們有很多產品的報價都上漲，但再這樣下去，這一季的ＥＰＳ（每股盈收）會飆高，影響到股價。我不想看到那麼高的數字。」

趙祕書抓到重點了，原來是「你不想」……

「跟曹經理和徐經理說不用親自過來，但漲價的事應該在兩個月前就要跟我說了。你跟他們說，在消息傳遞上怠慢，要有人負責。」

「是。」趙祕書回到座位上打電話。

楊明熙也回到電腦前，檢視今天的交易記錄，但不管進帳了幾百萬、幾千萬，他都笑不出來。

這一切還得回到那天清晨……

「楊明熙，跟我做個交易吧！」

浴巾落下，年輕的肉體一覽無遺，高景海顯得從容、自信。亞麻色的頭髮濕潤嫵媚，淺紫色的眼眸直視著人，毫不矯揉作態。他粉嫩的嘴唇像保加利亞玫瑰，適合用來做精油，散發的香氣能讓人放鬆，又有保濕的效果。就像他這個人，不是空有外表好看，還很實用，他有讓人愉快的內涵、敏銳的頭腦，跟他聊天很愉快，他的應對進退都讓人很舒服。

還有，那副身體的確是棒極了。

不管是「進」或是「退」都會發出好聽的聲音……

這樣一位尤物在自己面前，楊明熙的眼神卻暗了下來。

楊明熙的手機裡正在搜尋附近有什麼好吃的，他原本還想與對方共進早餐，在忙碌的一天開始之前，為昨晚的約會畫下完美句點，但聽到高景海的話，他關掉手機螢幕，覺得自己真是個笨蛋。

他不該在醒來的時候，目光在這個人臉上流連忘返。他不該摸著那可愛的鼻子和微張的小嘴，靜靜地讓時間流逝。他不該撥開亞麻色的瀏海，在額頭留下一吻。他不該等他洗完澡出來，問他早餐要吃什麼。

他應該直接穿上褲子走人。

「什麼樣的交易？」楊明熙故作冷靜地問。

「昨天晚上很棒，對吧？」高景海跨過浴巾，來到楊明熙面前。

他一手摸著楊明熙的肩膀，像在撩撥，繞到楊明熙身後。

「你是星海集團的主力，但你不會只操作單一個股，友群生技就是最好的證明。」他的聲音貼近楊明熙的耳朵，吹出來的熱氣與沐浴乳的香味飄散在楊明熙頸邊，「告訴我你未來會操作的股票，提前讓我的客戶進場。」

高景海按摩著楊明熙的肩膀，指尖壓到經絡。

「你居然會為客戶著想？」楊明熙像聽到了什麼笑話，「那些錢，你不想自己賺嗎？」

「那你就太不懂我了，如果我坑殺我的客戶，我只能賺一次，但如果我讓他們賺錢，我就有源源不絕的會費，要永續經營啊！」

「哈哈……」楊明熙很不以為然。

「我有媒體的管道，可以在網路上透過教學和分析時事等各種名義，為你介紹這些公司，等到一般散戶追進來，正好可以讓你出貨。」

「你有媒體的管道，我就沒有嗎？」

「現在是自媒體的時代，我可以為你打造投資達人的人設，幫你管理群組——你們大戶應該有神祕群組，才能同時叫進或賣出股票吧？」

「我有祕書。」楊明熙故意裝出很困惑的樣子，「我還是不知道我為什麼會需要你。」

「我，可以讓你賺更多的錢。」

「我不缺錢。」楊明熙臉上不動聲色，但他摸了摸高景海的手，「外面有一大堆出來賣的，他們的CP值都比你高，所以，你至少開出一個理由，讓我非你不可。」

「出來賣的……」

高景海自認能提供的不只是身體，還有一顆聰慧的腦袋與人脈，可不單單只是「出來賣」的。但他忍下被侮辱的感覺，抱住楊明熙的肩膀，「明熙，我們在一起不是很愉快嗎？他們有辦法像我……跟你聊這麼多嗎？」

那一瞬間，楊明熙眨了眨眼，抿起了唇，高景海趁勝追擊。

「我跟你在一起也很愉快，我想要每天都見到你，我想幫助你、在背後支援你！」

「你好像不知道什麼叫『CP值比你高』。」楊明熙轉頭瞥了高景海一眼，「我只要灑一點錢、請吃一兩頓飯，他們就會搖著屁股讓我上，他們會把我當成好不容易才遇到的優質對象，不會跟我談交易，不會搞得這麼複雜。」

楊明熙臉上帶著笑容，但眼神變得很冰冷。他突然轉過身，用力抓住高景海的手腕，把人按在牆上，「只不過是睡了一次就想跟我談交易，你未免也太看得起你自己了吧？」

「哪有一次？是兩次！」高景海不甘示弱，「你不是不喜歡去同一家店嗎？手機裡還存一堆約砲群組，代表你這個人吃過一次就會不想『回購』，你就是喜歡嚐鮮！」

「嚐鮮錯了嗎？再說，你怎麼會知道我不喜歡去同一家店？」

「哎呦！好痛……我咬到舌頭了啦！」

「我看看。」

楊明熙一時急了，他放開高景海的手，抓起高景海的下巴，想看看他傷得嚴不嚴重。

高景海卻趁雙手獲得自由的時候，捧起楊明熙的臉，吻了楊明熙的唇。

楊明熙怔了一怔，他沒有在那一吻嚐到血腥味。

「我們一起賺錢，不好嗎？」高景海低聲道，「不要跟我說你買股票是良心事業，資本市場只有廝殺，金錢不問對錯。」

「……你餵過魚嗎？」楊明熙突然問。

「餵魚？」高景海微愣。

「只要灑一把飼料下去，牠們就會搶著吃。牠們不在乎我丟下去的是什麼，有時候我只是揮個手，牠們也會游過來。」

「……」高景海此時還不懂，楊明熙這話有何意圖。

「餵魚很療癒的喔，建議你可以試試看。」

楊明熙把高景海的手從自己身上拿下來，人也往後退。

高景海的眼神似乎有些動搖，但他的語氣變得強硬：「楊明熙，你可以繼續裝蒜，但我能查到你是星海集團的主力，就能查到你是友群生技的主力！」

「到現在還認為我跟友群生技有關係，這麼執著果然是跟蹤狂。」楊明熙還是不痛不癢的樣子。

「友群生技沒有實質的營收，股價就先往前跑。雖說『股價會反應未來』，國外也有很多沒賺錢的公司因為投資人看好它的未來，股價還是看漲……但那不是台股的玩法。」

楊明熙一臉寫著「無可奉告」，「如果我是友群生技的主力……我都還沒出手呢！」

「那股價怎麼會往上跑？」

「散戶買上去的吧。」

「哼……」高景海不太相信，但就目前證據來說，他不得不信。

雖說股價會往上跑，背後一定是有人在炒，但股票這東西有時候也跟供需原理有關，因為在市場上流通的股票數量是固定的，如果很多人爭相去買，那價格就會水漲船高，就像物以稀為貴。

「如果你不是友群生技的主力，那為什麼要跟梁孝鴻私下見面？」高景海揪著這點不放，他以為自己翻開了陷阱卡，殊不知落入陷阱的是他自己。

「你那麼在意我和梁孝鴻見面，還問那麼多次，你是在嫉妒嗎？」

「什麼？我？」高景海驚訝得合不攏嘴。

「你拿到一張我跟梁孝鴻約會的照片，就想誣陷我炒股，我都不知道原來跟金管會檢舉這麼容易。」

「你真的在跟梁孝鴻約會？」某人搞錯重點。

「他把鑽石戒指放在箱子裡送我，整箱滿滿都是鑽石！」

「什麼？他跟你求婚？」

高景海的下巴都要掉下來了，但他馬上又像突然想到什麼，把嘴巴闔上，「難道……你是不是要買友群生技？友群生技一直在虧錢，他們一定會想要找金主，金主是不是你？所以你跟他才走那麼近？」

「我幹嘛要買垃圾？」楊明熙本來嘲諷得很開心，現在有點生氣了，「如果我買下友群，除了併購案本身的價格，我還得注入資金讓他們完成三期，我又不是錢太多！」

「不然你幹嘛跟他走那麼近？」

「你拍到一張照片就覺得我們走很近？怎麼？你是一天二十四小時跟蹤我，連六日也不放過？你怎麼知道我們走很近？」

「你自己說你在跟他約會的啊！」

「我沒——」某人氣到語無倫次了。

楊明熙重申，「我沒跟梁孝鴻走很近！我們也沒有在約會！」

「一下說在約會，一下又說沒有，你這個人是怎樣？薛丁格的交往？」

「……」楊明熙怔了一下，覺得這罵法真稀奇。

「跟你交往的人真的很可憐，一下有又一下沒有，都憑你的心情？你做股票也這樣？心情好就漲，心情不好就跌？反正你是主力大戶，你想怎樣就怎樣嘛！真是的……投資市場還有沒有道理，全部都給你玩就好啦！」

楊明熙覺得好像哪裡怪怪的，「你到底是來威脅我，色誘我，還是來公審我的？」

「呃……」高景海愣在原地，好像舌頭打結了。

「想要利用我的人很多，想要跟我交易的人也很多，他們都比你精明多了。」

「……」高景海啞口無言。

如果高景海在這時候多說幾句話、多為自己辯解，或者跪下來、趴著把腿打開，楊明熙就不會對這個人那麼掛念了。他可以上完再丟下幾張鈔票，徹底羞辱人，但高景海卻咬緊牙關、低著頭，一副知道自己做錯事的模樣。

既然知道做錯，就要道歉啊……

「你的提議，是對我的冒犯。」楊明熙拿起西裝外套和背心、領帶，把手機收進口袋，「因為我根本不需要耍那種不入流的手段。」

楊明熙走出房間，頭也不回。

他不知道高景海後來怎麼樣、是怎麼回去的，但自從那次跟高景海分別後，他就一直覺得心裡悶悶的。他看到高景海的頻道仍在固定的時間發片，影片中穿著湖水藍色西裝的青年依舊表情誇張，顏藝十足。

他心裡很不是滋味。

$ $ $

最近，台股有許多股票一下大漲一下大跌，難以預測，宛如陰晴不定的暴風女神在數字上盤旋。

要應付這陣動盪，有一派作法，那就是「當沖」。

當沖即當日沖銷，意思是當天買股票，當天就把它賣掉。如果有賺，就是賺取這一買一賣之間的價差，如果賠錢，也只需要付手續費和虧損的金額——所以不用怕股票一直跌，跌到你膽戰心驚。

有人認為這是風險極低的操作方式，而且賺錢的速度飛快，吸引著本金不高的新手投資人，但真的是這樣嗎？

『三小時獲利一百一十五萬，股神開釋照這條線走就對了！』

『無本當沖真好賺，財經教授呼籲年輕人別老是想賺快錢，網友吐槽：老人臭……』

『醫生變身當沖客：「小賺就跑，來回衝刺」』

『小資女當沖負債百萬，網哭喊我該怎麼辦？』

『連三千元也付不起？違約交割創歷史新高，男大生：股票買錯可以退貨嗎？』

媒體搭上這股熱潮，大肆報導當沖。

楊明熙也在做當沖，但他覺得自己是被逼的。

不是有人拿槍指著他的腦袋要他這麼做，而是順應時勢，不得不為之。

市場是許多人交戰後的結果，各方主力先後用錢砸來砸去，使股市動盪不堪。當沖客的加入就像在浪頭上衝浪，雖然危險，但是刺激，也加速了盤勢的變化。

有些主力加入了當沖行列，跟著賺快錢；也有些主力收手，先暫時不操作。

楊明熙就屬於前者，只是，他操作的方法跟媒體報導的當沖客有點不一樣，他有專門的軟體用來輔助下單，還有和滿屋的專家規劃操作策略，再加上錢——很多的錢。

最近，早苗基金會的預算多到爆炸。基金會的執行長若宣姊來向楊明熙匯報的時候，楊明熙說要捐兩百台筆電和一百萬的醫療補助，讓若宣姊驚訝得合不攏嘴。

然而，操盤室裡的氣氛卻很悶，悶到不行。

員工講話都輕聲細語，再不然就是用內部專用的通訊軟體，因為在操盤室裡是不能用私人手機的，內部網路也受到監控，以防機密洩漏。

楊明熙每天早上都坐在電腦前，嚴肅地盯著螢幕。大家都在猜，老闆這次親自出手操盤，進帳利潤一定非常豐厚，他到底賺了多少？

「趙祕書。」

楊明熙一開口，趙祕書趕緊從自己的座位起身，來到楊明熙的辦公桌旁。

「老闆您有什麼吩咐？」

「我訂了十箱水果，等一下會送過來。」

楊明熙把螢幕轉向趙祕書，上面是購物網站。

「……」趙祕書實在不忍說，會議室的桌子已經堆得像在普渡了。

「你把東西分一分，各部門都送一份。」

「是。」

「尤其是法務部和財務部，打包禮盒讓他們帶回去。」

「是。」

「大家想吃什麼就拿去吃，不要客氣，知道嗎？不要客氣！」楊明熙對所有員工大聲道。

員工笑著應聲，但私底下都用通訊軟體偷偷問：老闆怎麼了？

趙祕書也不知道他怎麼了，但楊明熙的確跟平常不太一樣。

楊明熙平常就很慷慨，辦公室裡有吃的喝的不算什麼，但他每天都在逛購物網站，每天都在訂水果、甜點、手搖飲，害趙祕書每天都在簽收，簽到手都快斷了。

操盤室裡，只有楊明熙能用自己的手機。他轉動旋轉椅，滑到落地窗前，看著窗外的高樓風光。手機裡除了那些該死的長輩圖，就是沒有某人的訊息。

他打開家庭群組，問：『有人要來吃下午茶嗎？我買了很多布丁塔。』

不久，手機收到通知，陸陸續續收到回應。

爸爸：我收到趙祕書送的了（按讚貼圖）

媽媽：謝謝明熙，很好吃（按讚愛心貼圖）

二弟：不了，謝謝大哥。

三弟：謝謝大哥，但是我人在泰國。

楊明熙默默放下手機，覺得很無趣。

他想起跟高景海聊天的情景。

楊明熙很少主動說起家裡的事，但他現在好想找個人說說話。

接連幾日，辦公室裡的甜點、水果不間斷，但分析師都不分析，操盤手都不操盤了，除了楊明熙還坐在電腦前，其他人都在忙著切水果、分裝甜點，送到星海集團大樓的各個部門。

主持此事的是趙祕書，因為他發現會議室長蟑螂了。

「啊啊啊啊——！」

一向冷靜的趙祕書，有一天竟尖叫著奪門而出，楊明熙就知道自己做得太過火了。

但買東西這種事該怎麼說呢……有一種爽感，所以停不下來。

買物品、器具類的東西會「堆」在那裡，讓人看了生厭；買房子，楊明熙習慣親自去現場看，那種東西沒辦法透過網路下單或打電話。但買食物就不一樣了，可以自己吃，吃不下就送人，可以讓大家也品嚐到美食。

只是，接連幾日將食物分送出去，此事在星海集團內部引起話題。

俗話說，吃人嘴軟，如今茶水間裡都在談論，那個送點心來的人是誰，以及背後指使他的人是誰。

「喔～原來是星海集團楊明熙……的祕書。」

「楊明熙是誰？」

「老闆的兒子？大兒子？那個很少出現的大兒子？」

「現在就開始刷存在感，是不是以後要當接班人了？」

「我喜歡霸道總裁♡」

這類談論都是趙祕書經過時聽見的，他沒有回報給楊明熙。

事實上，沒有一個員工敢回報給楊明熙，一來，這些事跟股票無關，他們大多是被請來協助楊明熙投資的，因此不想捲入集團的內部爭鬥，二來，老闆買的布丁塔是真的好吃。

基層員工吃得開心，閒聊時又有話題，但高層就有點緊張了，因為他們都知道楊明熙的能耐。楊明熙想上位，絕對不是沒有實力，唯獨他的個性有點……不是大部分的人看到的那樣。

此話傳進楊董耳裡，他一笑置之，但私底下約了楊明熙出來吃晚餐。

父子倆分別坐車前往餐廳，此處地點隱蔽，風景優美，從包廂的陽台能遠眺夜景，供應的是日式懷石料理。

「明熙啊，」楊董以茶代酒，看到楊明熙的杯子空了，就替他倒一杯，「你最近有什麼想要的嗎？」

「嗯……沒有吧……」楊明熙一時之間不懂爸爸要問什麼。

「你跟你媽媽很像，你長得像她、個性也像她，你們天生就很聰明，腦筋轉得快，而且，懂得使壞。」

「……」

楊明熙乖乖吃飯，看起來就像個遵守禮儀的貴公子，一點也看不出來哪裡壞。

「你遇到不想要的東西或不想做的事，會權衡利益再去做，而且你都可以做得很好，這點讓我很佩服。但你想遇到想要的東西或想做的事就不會權衡利益了，你就一定要得到它，有時候會用一些讓人驚訝的手段，一般人不太會想到的手段。」

「你想說什麼？」楊明熙直接問，「又有人來拜託你投資了？要我接手哪一間快死掉的垃圾嗎？」

「不，不是那樣。」楊董連忙否認，心裡為那些垃圾默哀，「明熙啊，你是不是在公司裡壓力太大了？要不要去度個假？」

「爸，你到底想跟我說什麼？」楊明熙一直覺得對方話中有話。

「你每天送布丁塔來，有人會覺得有壓力。」

「那不好吃嗎？」

「不是好不好吃的問題。」

「那是什麼問題？那些想太多、會自己編故事的，你就不該用那種人。」

「你的眼光還是一樣好。」楊董欣慰地笑了笑，「要不要來當董事長，由你親自來駕馭那些人？」

「不要。」

至此，又有一個星海集團的謎題解開了，楊明熙是主動「拒絕」當接班人的。

「對了，爸，你這麼說讓我想起來了，我確實有一個想要的東西。」楊明熙想起自己手機裡，那封一直沒有收到的訊息，「有人欠我一個道歉。」

楊董心裡閃過一聲「不妙」，「……你沒有出動法務去告人家吧？」

「不，我還沒想到那裡。」

「那就好。」

楊董記得多年前，楊明熙遇到一個來找他投資不知道什麼東西的年輕人，那個年輕人先後從不同金主那裡拿到錢，卻被楊明熙發現他沒有把錢投入產品開發，而是投入期貨市場，還虧了不少。

楊明熙馬上就認為這個年輕人是來騙錢的，於是他出動星海集團的法務，把人告上法院，最後那個年輕人揹上金融詐欺的罪名，被判處有期徒刑，易科罰金。

那件事之後，楊明熙的評價變得非常兩極，因為楊明熙本身並沒有被騙到錢。他沒有損失，卻把人往死裡打，完全不管那個年輕人有什麼理由，從此以後，一些新創公司都不敢來找他了。

有人則認為他眼光精準，以前人看不出破綻的東西，他都看得出來。於是一些不知道要怎麼判斷的老闆們，遇到要投資的事情，都會來找楊明熙。

「你一直往法務部送東西，我以為你又要麻煩人家了。」楊董道。

「我在處理友群生技的時候，法務部幫了不少忙。」楊明熙回答。

得到雙方都想要的答案後，父子倆安靜地吃飯，吃完就各自離開了。

其實，跟爸爸談完後，坐在回家的車裡，楊明熙覺得心情輕鬆不少。

爸爸說的對，他確實有想要的東西，但是這個東西是不可能得到了。

他覺得被冒犯了，但他最後離開房間的態度，也算回絕了高景海。高景海如果是一個識相的人，就不會拿熱臉貼人家的冷屁股，不會主動聯絡他。

那自己在這邊糾結什麼呢？

楊明熙忽然覺得連日來的自己真是個笨蛋，他為一件不會發生的事掛念已久，等著一道不會出現的手機通知，還買了一堆不必要的東西，堆到長蟑螂，把趙祕書嚇到吵著要請特休。

撇除此事不談，最近應該要慶祝他操作股票賺錢，而且是大賺才對！

應該去找個小弟弟進行人與人的連結……

楊明熙嘴角泛起微笑，他放下手機，「金司機，我不想回家了，載我去酒吧。」

「少爺，您要去哪一間酒吧呢？還是找附近的嗎？」

「對，找附近的……我看看有沒有我沒去過的。」楊明熙又重新拿起手機，搜尋地圖。

第六章

「如果你喜歡我的影片，歡迎按讚、分享，訂閱我的頻道，小鈴鐺用力按下去！如果你對投資有什麼問題，歡迎在底下留言，我們的小編會整理問題後做成下一部影片！那今天就到這裡結束了，謝謝大家！bye～bye～」

「好，卡！」

直播結束，已經是晚上九點了。

高景海每週會在固定的時間直播解盤，解的不是人生羅盤，是台股大盤。

跟他配合的都是專業的攝影師、剪輯師、小編，公司以團隊方式將投顧老師打造成財經網紅，高景海那張分析師的執照就非常好用，當初他會被公司高薪錄取，也是看在這張執照的份上。

加上他帥氣的臉蛋和親和力，果然被推崇為最受婆媽喜愛的分析師，從女大生到菜籃族都看他的節目，甚至有廠商發來業配邀請，希望他可以在節目上帶一下化妝品、保養品之類的。跟股票無關，甚至跟投資理財也扯不上邊，由此可見他的網路流量，已經高到被其他領域的人注意到了。

高景海穿著湖水藍色的西裝配花領帶，那儼然成了他的招牌。他走出攝影棚，回到辦公室收拾包包，準備下班。

最近，台股經常一開盤就往上衝，吸引很多當沖客進場，大家都希望能在這一波的趨勢裡賺到錢，但高景海卻覺得那是主力的誘惑。

主力輕輕一拉，股價往上跑，就像一個穿著三件式西裝的美男子正在把領帶抽掉。你心癢癢，你很想買，你覺得再不買就會錯過賺錢的機會，就像一個美男子站在你面前，對你伸手邀請。

這時候，主力已經把西裝脫掉了，股價繼續往上跑。你看著背心和襯衫，覺得那腰真性感，等一下一定可以讓你非常爽，於是你按「委託下單」，買股票。

然後，主力就開始「倒貨」。

高景海幾乎可以想像到楊明熙坐在電腦前，露出得意的笑容……

主力手上通常都有一大堆股票，你想買、他就賣。大量的賣單湧入，像沒有人要的垃圾，把價格往下壓。當你以為主力要把你丟到床上，溫柔地帶你上天堂時，其實他是把你踩在地板上，背後就是地獄。

當沖客通常都跑得很快，一些風吹草動就會把股票賣出，即使賠錢也賣。因為有很多人要賣，股價就會跌得很快，這時候，主力就輕輕把腳放開，股價開始往回彈。

有人看已經跌得很慘了，就會進場「抄底」，因為他們認為這樣的股價已經很便宜了，而且有反彈跡象，就表示等一下會漲，但主力就會在你以為他要拉一把的時候，狠狠搧一巴掌。

股價跌得更低，投資人看得膽戰心驚，當沖客悲歌離席，主力終於拿出必勝絕招——錢，很多的錢，把股價發瘋似的往上拉。一直拉、一直拉，最後大漲，彷彿剛剛的跌幅都是過眼雲煙，最後主力回眸一笑，大獲全勝。

——高景海在看盤的時候，因為想起楊明熙，硬了。

咳嗯！

回到盤勢，主力大戶可以想拉就拉、想殺就殺，一般人根本玩不過他們，所以高景海不建議客戶在這時候買股票。偏偏就是會有人跑去買，買完才來問他怎麼辦——他真的不知道要怎麼辦啊！

他也不知道一想起楊明熙就硬該怎麼辦……

草叢酒吧——

「噯，你這樣很渣耶！」聽完高景海的煩惱，老闆如此回應。

高景海省略了幾件事：一，楊明熙、二，楊明熙、三，還是楊明熙。

他沒有說出自己性幻想的對象是誰，他只說跟那個人打過兩砲，現在暈船了怎麼辦？

「你就只是覬覦人家的身體，根本沒有考慮感情！」

「出來玩要有什麼感情？」高景海陰沈地問。

老闆一邊擦杯子，「他會跟你要ＬＩＮＥ，應該就是對你有意思吧？結果你只是覬覦人家的大鵬，唉，真的是……不知道該怎麼說你……」

「不只是那裡，他的身材也很好。」

「！」老闆雙眼放光。

「他是我見過最適合穿西裝的人了，唉～怎麼會那麼適合？上班族也會穿西裝，但一般人就穿得像囚犯，只有他像王子、像騎士……他就像一個白衣騎士……咦？」

高景海原本還沈浸在幻想中，但「白衣騎士」這個詞竄進腦海裡。

「難道，他是友群生技的白衣騎士？」

高景海突然有了這樣的聯想，但他已經沒辦法向本人證實了。

友群生技的股價雖然在前陣子拚命往前衝，新聞媒體上都是它的新聞，但最近遇到大盤震盪，媒體的焦點完全被當沖取代，友群生技也沒再衝了，股價變得很低迷。

「什麼友群生技？」老闆好奇地問。

「沒有啦，我想到工作的事……」高景海連忙岔開話題。他灌下一大口酒，馬上就感到酒勁上來，「我今天點比較貴的喔！不要再說你賺不到我的錢了！」

「喔喔喔，乾了！」

「哈啊～」

老闆催起酒來毫不客氣，可以多賺一點，何樂而不為。

高景海放下酒杯，吐出一大口氣，但吐不出胸中鬱悶，「怎麼辦，我還是好想他……我從來沒有暈船暈得這麼嚴重，救救我……」

老闆給予同情的眼神，「你說你跟他在床上很合，他有點霸道你都可以忍受，但你又跟他發生了一點小摩擦，把人氣走了，那是什麼小摩擦？」

「就……」高景海不能透露他誘惑對方失敗的事，「哎喲，反正跟工作有關啦！」

「你們打砲就打砲，為什麼會講到工作去？」老闆不懂這兩者的關連。

「他跟我一樣在金融業，可是，他做的跟別人不太一樣，他是那種……位子很高、一般人碰不到的那種……所、所以我……」高景海越說越心酸，又感到遺憾，覺得自己真是笨蛋，

「唉，你不懂啦！」

「我先問一下，他有錢嗎？」老闆真的不是故意打岔。

「非常有錢！」高景海豎起大拇指。

「那不就是你要的長期飯票嗎？」

「可是……」

「你怎麼不好好把握人家？不使盡渾身解數、誘惑他，你還跟人家吵架？」穿著亮片西裝的老闆，誘惑地把自己的西裝前排釦打開，那畫面太噁心，高景海不想看。

「我們沒有吵架！」

「哦？是嗎？」老闆等著看好戲。

「只……只是有一點觀念上的衝突！」

「什麼衝突？不要跟我說你們撞號，所以他不行……」

「他非常行！」高景海用過，他有資格比讚。

「那還有什麼問題？剛開始認識本來就會有思想上的碰撞、觀念上的摩擦，如果你覺得你跟這個人不合，對他反感到不行，想起他就覺得『我幹嘛浪費時間在這種人身上』，那恭喜你，你可以去找下一個了。」

「我就是忘不掉，才會說是暈船啊！」

高景海要翻白眼了，他講了那麼多，結論是叫他去找別人？

「既然忘不掉，為什麼不賭一把？多去了解人家，問問他有沒有交往的機會吧？」

「直接問嗎？」

「為什麼不問？是叫你跟他交往，又不是叫你從此跟這個人白頭偕老，交往也是認識一個人的過程，你總是要試過才知道自己跟他合不合。」

高景海點點頭，似懂非懂，「沒想到老闆你還是戀愛專家。」

「比不上你這位股市專家。」老闆海遞上一份烤土司給高景海，「啊對了，我最近買股票套牢了，你能不能幫我一下？」

「我要怎麼幫？」高景海立刻轉換成嫌棄的眼神，他都已經下班了！

「我看網路上講，現在買股票很好賺，那個什麼當沖的，一秒鐘十幾萬上下，你能不能教我幾招？」

「教你幾招……？」高景海打量著老闆，彷彿不懷好意。

當沖盛行，連大學生都在做，高景海就被主管要求要拍影片教當沖，但他不願意。連財金系畢業的小編都幫他寫好腳本了，他也不願意拍。

「好啊，」高景海一派輕鬆，「你先去累積千萬身家，要有時間看盤，連上廁所也不要放過。」

「哎呦，很有分析師的架子嘛！」老闆故意說反話。

「股價和公司就像狗與主人，狗會在主人身邊亂跑，就像股價會上竄下跳，但它終究要回歸基本面，也就是狗會回到主人身邊。如果你買的是有賺錢的公司，長期的展望也很好，那就不需要太擔心。」

高景海還是很好心，想安慰一下老闆被套牢的心情。

老闆挑挑眉，眼神很八卦，「就像好男人終究會回到你身邊？」

高景海吞下一口苦澀的酒，「他不會回到我身邊，他也不是好男人。他一直在跟別人搞曖昧，一下說有約會，一下又說沒有。」

「那不是很渣嗎？配你剛剛好，反正你也只是覬覦人家的身體。」

「他特別喜歡把人壓在牆上。」

老闆一臉驚訝，因為他以為高景海不會玩那種太超過的遊戲。

「阿海，你還好嗎？他沒有使用暴力吧？」為了以防萬一，老闆還是問一下，因為這圈子裡也有約會暴力。

「暴力喔……我想嘗試被鈔票打臉的感覺。」

「……」老闆想把自己的關心收回來。

「哎呦，我沒事啦！我自己會有分寸……哪有人那麼倒楣，一天到晚都遇到會動手的……」

高景海有意迴避老闆的視線。

「你要不要換股操作？」老闆突然問。

「換什麼股？」高景海上下打量老闆這位股市小白。

「把被套牢的股票忍痛賠錢賣掉，然後去追強勢的股票，這樣才賺得快啊！就像一個把你套在那邊、不上不下的男人。你們到底是要往前走還是切八段，快點決定，這樣才能邁向嶄新人生啊～」老闆越說越激動，當眾表演了起來。

高景海嗤笑一聲，「那你怎麼不賣？還跟我抱怨被套牢？」

「呃……因為……」老闆被嗆得無言以對。

「因為捨不得，對吧？」高景海晃晃酒杯，自問自答，「因為你看它是一間好公司，它賺了一堆錢，未來有成長性，你想賭它的股價會『回來』，不然之前投入的錢、之前想他的時間不都浪費了嗎？」

高景海還記得那個男人離去的樣子。

他手上提著自己的西裝外套，眼神孤高又冷傲。只是簡單的一個轉身，就能看出他是一個很有風度的男人，因為他的動作毫不拖泥帶水，也不會遷怒別人。在門關上之前，高景海以為自己可以看到那人殘留的背影，但事實上，什麼都沒有，他走得瀟灑乾脆。

其實高景海也知道老闆說的對，要浪費時間去想一個不可能有未來的人，還是應該當斷就斷，去找新的人。這中間投入的時間就是成本，但目前心裡還是有點悶悶的，讓他裹足不前。

「對了，你買哪一支？」高景海換個話題，「給我參考一下，我以後就不買。」

「是把我當反指標嗎……」老闆拿出手機給高景海看，「這支啦，星海。」

「咦？」

「人家是大集團，我想說這麼大的公司應該不會倒吧……啊，不好意思，有客人來，我先去忙一下。」

為什麼走到哪裡都會看到跟那傢伙有關的東西？高景海無聲地敲桌子。

他一個人喝悶酒，不知不覺喝多了。喝著喝著，他居然哭了起來。

「嗚嗚嗚……」

他趴在桌上，沒有人想來搭訕。

這樣也好，他現在一定又醜又臭，就讓他獨自待在角落，當角落生物……

「喂！」

好香的味道……好好聞……

「喂！你醒醒！」

酒吧快要打烊了，老闆這時才有空注意高景海。

高景海都會在下班後過來小酌兩杯，但他從來沒有把自己喝到爛醉過。畢竟朋友一場，老闆打算幫高景海叫計程車，卻發現有個男人過來，搖著高景海的手臂。

「喂！」

「嗯……？」高景海視線迷濛地抬起頭，只看到一個輪廓。

「我送你回家，結帳！」男人拿出信用卡。

老闆立刻殷勤地迎了上來，什麼朋友先拋到腦後。

「你走得動嗎？為什麼要喝成這樣？」男人將高景海的手臂繞到自己的肩上，「喂！你走好！高景海！」

「你身上好香……」高景海攔腰抱住對方。

方了。

他本來是想去沒去過的店嚐鮮，但在搜遍了地圖、看過評價和照片後，還是又跑來這個地

楊明熙無言嘆氣。

「喂你——！」

他扶著高景海離開草叢酒吧，司機已經在外面等著了。因為他本來就打算找一個看順眼的對象，去五星級飯店並預約雙人房，一切都按照他的規矩來，那才會讓他感到安心。

但高景海的出現打亂了他的計畫。

正確來說，是他看到高景海孤單地趴在角落，才會出現在高景海面前。

「告訴我你的地址……喂！你的地址！」

坐進車子裡，楊明熙發現眼前尚有個大問題——他不知道高景海住在哪裡。

「呃……」高景海昏昏沈沈的，試圖看清楚眼前的人，「你……你是不是想撿屍我？」

楊明熙張大了嘴，表情非常複雜。他想要什麼人就會手到擒來，有必要做那種事嗎？

他瞥了前座一眼，但司機很盡職地沒從後照鏡偷看。

「金司機，你載過他對吧？我本來就認識他……不是我把他灌醉的！」

「……」金司機裝作沒聽見，但他希望少爺別再自爆了。

「地址啊！地址！高景海，你不給我地址，我要怎麼送你回去？」楊明熙抓著高景海的領

口搖晃，但高景海還是神智不清的樣子。

「你要把我帶去哪裡？想上我的話記得用保險套……」

「地址啦！」

「……」老實說，金司機還是首次見到少爺如此失態。

楊少爺是個非常優雅的人，除了薪水按小時計算，沒有年終和加薪這種事以外，金司機覺得這份工作還不錯。載富三代出入飯店、夜店等社交場所都是很正常的，楊明熙也從不在車子裡亂搞，金司機要保守的祕密不算多，所以不會覺得壓力很大。

但這是他第一次見到少爺手忙腳亂，帶上車的同伴還東倒西歪。

通常，楊明熙不會帶醉鬼上車，因為如果發生了什麼事很容易淪為各說各話，事後處理起來會很麻煩。

「算了算了，先回我家。」楊明熙不想一直困在原地，「金司機，回我家！」

「是，少爺。」

「唉……」

楊明熙第N次嘆氣，因為高景海一直抱著他的腰不放，是把他當大型抱枕了嗎？

「真是的，你為什麼要把自己弄成這樣？明天不用上班嗎……啊，明天確實不用上班。」

明天是週六，才會有一堆人出來放縱。

「到底發生什麼事了？」楊明熙摸了摸高景海的頭。

「呃……」高景海發出痛苦的呻吟，猛然抬起頭，「我想吐……」

楊明熙瞪大眼睛，表情頓時變得驚恐——

全球股市跳水下殺，美股跌到融斷[6]他都沒這麼害怕！

「金司機，停車！不要——啊啊啊啊！」

$ $ $

「那個我不要了。」

楊明熙報銷了一套西裝，垃圾由金司機拿去丟掉。

他扶著高景海搭電梯回到家，一進家門，高景海就雙腳癱軟地坐在地上。

「喂！」

「嗯……」

高景海背靠著玄關的牆壁，眼睛半瞇，半夢半醒。

楊明熙嘆了一口氣，替高景海把皮鞋脫掉，又把人扶到客廳沙發上。高景海的領帶歪歪斜

6 融斷：指當股票市場的價格發生劇烈波動，到某一個限定的目標時（熔斷點），就會暫停交易一段時間。

斜，領口的鈕釦開了兩顆，湖水藍色的西裝、白襯衫，配上米白色底、紅粉盛開的花領帶很好看。

楊明熙心想，那應該是他在當網紅的關係，上班等於上秀，需要保持形象。

「高景海！喂！高景海！我幫你把領帶鬆開，這樣會舒服一點，到時候不要說我撿屍，我沒那麼沒品。」

「我好羨慕你……」高景海喃喃自語，視線卻飄到楊明熙的手上，「每天沖來沖去，一定很爽……」

楊明熙聽得懂高景海指的是「當沖」，「你知道我是誰嗎？」

「知道啊，楊明熙……星海的楊明熙……」高景海臉上笑笑的，不知道在笑什麼。

楊明熙有些無奈，卻沒多說。他去廚房倒了一杯水，又擰了一條濕毛巾。

「喏，解酒的營養劑。」

營養劑是膠囊狀的，楊明熙將膠囊遞到高景海嘴邊，指尖碰到了高景海的嘴唇。

高景海微微張開嘴，讓楊明熙把膠囊推進去，膠囊經過他的牙齒，躺在他的舌頭上。楊明熙把杯子拿到高景海唇邊，就著杯緣餵他喝水。

高景海把膠囊乖乖吞下去了，但營養劑不是仙丹，不會馬上就有效果，他昏昏沈沈地靠在椅背上，思緒不知飄往何方。

楊明熙撥開高景海的瀏海，拿濕毛巾幫他擦臉，「你為什麼要把自己搞成這樣？我也會去喝兩杯，但我從來不會讓自己醉到這種程度。」

「老闆叫我教當沖，但我不想教。我以前的教授說過，十個當沖九個輸，會有人贏，但那個人不會是你。他最近被網友嗆到不行，一堆人貼出對帳單打臉他，有人一天就能賺兩萬，是小資族快一個月的薪水了。」

「喔，我有看到。」

剛好，楊明熙有看到那則新聞。某位財經教授出來呼籲，叫年輕人不要只會賺快錢，被罵是老人思維、社畜。

「你是那個教授的學生？」楊明熙好奇一問。

「不是指導教授，但我大學跟研究所都有上過他的課，我那時候成績很好呢！」

「嗯。」

楊明熙的應聲看似隨意，但他輕輕擦拭著高景海的臉，眼神溫柔又帶有一點寵溺，像在幫寵物梳毛似的，一點也不嫌麻煩。

「我覺得投資理財應該列為全民教育……」

「哦？」楊明熙有些好奇。

「你想想嘛，不是每個人都像你能億來億去，我也不是要大家拿錢進賭場，但是如果你賺少一點，就少花一點，你賺多一點，就拿出來促進經濟，不然錢堆在銀行裡要幹嘛？難道要藏在床底下？」

「哈哈……」楊明熙被逗笑了，這傢伙比電視上的名嘴還有趣。

「投資就是這樣來的，要有人拿錢出來，去買機器、買設備、培養人才、制訂規範。沒有錢，哪來的錢研發產品？產品做好了，沒有錢，要怎麼推上市？推上市了，沒有錢，要怎麼做行銷、請網紅？」

「你說的很對。」楊明熙覺得很有趣，大概此時不管高景海說什麼，他都會說「對」。

「錢不是萬能，但沒有錢是萬萬不能！」

「這應該要寫起來當我家的匾額。」

楊明熙把靠枕拿過來，扶高景海躺下。之後把高景海的雙腿抬到沙發上，讓他平躺下來。

「你知道我為什麼喜歡股票嗎？」

「為什麼？」楊明熙順著問。

「我喜歡技術分析，我喜歡看那些別人覺得很複雜的東西，把它們弄得很好懂。」

「……」這答案讓楊明熙有些意外。

對一個分析師來說，技術分析是他的必修，他必須能從那堆複雜的圖表裡看出端倪，推測股市的未來有可能會怎麼發展，藉此事先布局或避開風險。但技術分析不是占卜師的水晶球，它沒辦法告訴你這樣一定會賺，沒有人敢說那種話。

「我喜歡看著紅紅綠綠的走勢圖，我總覺得它們像在跟我對話……」高景海望著天花板上的燈，彷彿光線都變得迷幻，「趨勢往哪裡走？現在是恐慌？貪婪？市場對一間公司的評價、資金青睞誰、外面又發生了什麼事……」

楊明熙望著高景海，眼裡充滿了情不自禁，因為高景海的每一句話都說到了他的心坎裡。

「那個什麼電視劇不都有演嗎？明明發生了一件大事，但只要廣告主一威脅，記者就不敢報導了。股市的下跌是最真實的，你沒有辦法掩飾的……股市……就是……歷史……」高景海的眼皮慢慢闔上，越說越小聲，體力終於支撐不住。

楊明熙的臉上泛起微笑——連他自己都沒有注意到的微笑。

「我去拿棉被給你。」

楊明熙從衣櫥裡找出一條薄被，但當他回到客廳時，被嚇得雙眼瞬大。

地上都是被脫下來的衣服，猶如毛毛蟲褪殼，往某一個方向蔓延。

楊明熙順著那個方向看過去，高景海正全身脫光地站在客廳陽台的玻璃門前，猶如在月光下舞動。

說好聽是舞動，說難聽一點是「揮來揮去」。只見高景海的步伐搖晃，扭動著腰，看起來好像真的在跳舞。他的眼睛半瞇，嘴裡哼著旋律，他的腳差點都要打結了，但每次都可以站好，讓楊明熙看得很佩服。

「你在幹什麼？」楊明熙莞爾，並對高景海伸出手，「過來吧。」

高景海將頭偏一邊，也對楊明熙伸出手，但由於他的頭偏著，他的身體也跟著歪過去。身體一歪，重心就會不穩，楊明熙怕高景海跌倒，於是先一步過去接住他。

高景海落入楊明熙懷裡，正好一隻手被拉著，腰被摟著。

兩人在月光下，就像在跳探戈。

「你知道我是誰嗎？」

楊明熙望著高景海的臉，高景海仍舊迷濛著一雙眼。

「當然知道……」

高景海用沒有被拉住的那隻手，繞過楊明熙的脖子，攀在楊明熙的肩膀上。兩人的身軀無比靠近，彷彿心也跟胸口一樣貼近。

「那你說，我是誰？」

「你是那個坑殺散戶的主力……」

「……」

楊明熙連放手的心都有了，偏偏就在這時，高景海雙手摟著他的脖子，整個人貼了上來。

「我一直記得你的吻。」高景海頭一偏，吻住楊明熙的嘴唇。

高景海的嘴唇貼著不動，但那軟軟的觸感、混合鼻尖呼出來的熱氣，都讓楊明熙覺得自己身體裡好像有什麼在蠢蠢欲動。

兩個人在月光下吻著，情到深處，身體也起了反應。

楊明熙用眼神詢問著對方，因為他不想趁人之危。但高景海沒接到這顆球，他突然眉頭一皺，推開楊明熙。

高景海的步伐搖搖晃晃，但他把最後的防線——內褲——也脫了。

他的手指勾下內褲的鬆緊帶，故意把屁股對著楊明熙。

楊明熙起初有些疑惑，不懂這個人要幹嘛，他的眼神就像在觀察一個外星生物，直到他看到高景海扶著小雞雞，往牆角的古董花瓶靠近……

「啊啊啊啊！」楊明熙的表情驚恐，他連忙把人拉到廁所。

還沒到廁所門口，高景海的腿就軟了，楊明熙只好把人抱起來，送到馬桶前。

「喂！你！剛剛不是還能正常對話嗎？現在該不會是在撒嬌吧？」

「嗯……」

楊明熙忘了這個人還處於醉酒狀態，根本不能正常對話，但他還是讓高景海靠在他身上，然後扶著高景海的陰莖，輕輕按壓小腹。

高景海起初還想忍著，但後來忍不住了……

「啊啊……啊……」

明明只是小便，而且還精準地對著馬桶，高景海卻像射出了什麼東西，嘴裡發出嬌喘，臉頰泛起紅暈，身體也癱軟地往後靠。

他反手摸著從後面抱著他的男人，那健壯的手臂……

「你還在睡嗎？該不會以為自己尿床了吧？」

「唔嗯……」

高景海掙脫出對方的手臂，轉來轉去，不知道在找什麼，但是他打開櫃子，讓楊明熙看了很害怕。

「好了！這裡！淋浴間在這裡！」

高景海坐在淋浴間地板上，像隻毛髮淋濕的大狗，乖乖讓主人沖水。楊明熙幫高景海洗頭、身體隨便刷一刷，而高景海閉著眼睛，好像睡著了，卻會在沒沖水的時候，抬起一雙淺紫色的眸子看他。

好不容易把人洗乾淨、弄到床上，楊明熙覺得自己半條命都要去了。

楊明熙重新回到浴室梳洗、換上新的睡衣，一切都按照他的步驟走才讓他安心。他洗完出來，看到高景海躺在床上呼呼大睡，忍不住念了幾句。

「真是的……說我撿屍，你才喜歡睡陌生人的床！我都還沒說『歡迎光臨』，你就已經當作是自己家了……」

高景海睡著的姿勢還算規矩，乖乖躺在棉被裡，手腳沒有亂踢。他沒有穿衣服，因為楊明熙不會幫別人穿。況且，楊明熙覺得自己仁至義盡了，他從來沒有照顧哪個喝醉酒的人照顧得這麼無微不至。

楊明熙看了一下手機，快凌晨三點了，他也躺進被窩裡，卻發現高景海正盯著他。

「怎麼了？」楊明熙覺得那眼神有點毛。

「你跟梁孝鴻睡過嗎？」

「什麼？」楊明熙本來已經很累了，這下睡意全跑光了，「雖然我說過做股票的人頭腦要靈活，有時候還要有一點想像力，但你這種想像力也太可怕了吧？」

「不然你為什麼要一直跟他見面？」

「我沒有『一直』！」

「……」

高景海一臉怨懟地抓住楊明熙的袖子，爬到楊明熙身上。

楊明熙有點被嚇到了，他不敢動，但也沒想到被吃醋的感覺居然……這麼舒暢！這表示這個人很重視自己，只是沒有說出來而已。

「你身上好香……」

高景海不停嗅著楊明熙的頸窩，但是楊明熙不太習慣被這樣對待。

「等等……等一下……喂！你好像變態！」

「我想親你啊……」

高景海的語氣就像在祈求神明降下甘霖，他一臉欲求不滿的樣子，讓楊明熙於心不忍，沒有把人推開。

高景海雙手都壓在楊明熙的胸膛上，他噘起嘴唇，卻親到楊明熙的下巴。離嘴唇的位置不遠了，高景海很快就親到正確的地方。他貪婪地想勾引對方的舌頭，手在對方身上亂摸，只覺得那底下的觸感真好。他摸到的是睡衣，但是睡衣底下有肌肉，所以還是很好摸。

楊明熙也想抱住高景海，他的手掌貼在高景海赤裸的背上，但高景海卻突然直起腰，跨坐在楊明熙身上。

高景海的頭往後仰，一隻手往後撥弄瀏海，就像一條性感的美人魚從水面甩頭而出。他的頭髮有點濕，因為楊明熙沒有徹底吹乾。他和楊明熙用的是同一款沐浴乳，所以味道一樣。而他的身材屬於高瘦型，所以當他往後仰的時候，肋骨形狀露出來，楊明熙第一次覺得原來「骨感」這麼好看。

高景海將屁股往後擠，剛好磨蹭到男人的胯下。

「啊啊……」

高景海紅著臉發出呻吟，即便只是碰到洞口而已，會陰摩擦的感覺仍然很舒服，讓他什麼都不想、什麼都可以忘，不管自己身在何方。

「啊啊……啊……」

他可以感覺到男人勃起的陰莖形狀，貼在他的屁股下方。他來回摩擦，形狀好像變得更明顯了。

好舒服啊……

他雙手撫摸自己的陰莖，但是沒有潤滑液作為輔助有一點不過癮。他覺得有點失望，下意識想要摸索床邊的櫃子，但不知道為什麼這裡的格局跟自己記憶中的不一樣，是說，這裡是哪裡啊……

「啊！」

突然，滑滑的，變好摸了。

高景海低頭一看，自己的性器上有一隻別於自己的手，他看不清那隻手的主人是誰，因為臉太模糊了……

楊明熙把潤滑液擠在自己手上，先用手的溫度溫暖過後，再塗到高景海身上。他的手掌包覆著對方的龜頭，讓流出來的蜜液與潤滑液混在一起，手掌再向下滑去。

高景海仰頭喘氣，擺動腰，一前一後地挺進，屁股也跟著在男人的陰莖上滑動。有好幾次他都覺得那漲大的器官好像要突破什麼插進來了，他幾乎可以感受到對方的龜頭貼著他的股溝，使他的小洞緊縮，下體也充血變得更硬。

喘息變成熱氣，他分出一隻手來撫摸自己的乳頭，指尖按在乳頭上轉圈，那粉色的小點也慢慢立了起來。

「啊啊……啊……啊……」

高景海的手勢加快，上下摩擦自己的陰莖。楊明熙的手抓著他的屁股、大腿，用力到都要留下指印了，之後隨著高景海彎下腰的一聲嘆息，他的精液射到了楊明熙的睡衣上。

楊明熙並不在意，就像他不會承認自己有一點小潔癖，但就在他想要拉過高景海的手臂，把人壓在床上的時候，高景海巧妙地將他揮開了。就像一把揮過去的刀，本以為可以砍中目標，但敵方突然發動隔擋技能，讓那把刀不僅沒砍到，還差點飛走。

高景海完全無視有人想抓住他，他手臂一揮、大腿一抬，就從楊明熙身上下來了。

他躺到床的邊邊，面朝外面睡，還自己蓋上了棉被！

「……」

楊明熙的手停留在空中，快要爆炸的陰莖把褲子撐起一座小帳棚。

他此時的心情已經不能用傻眼來形容了，他的腦袋完全放空，也不知道自己身在何方。

「為、為什麼……？」

楊明熙不知道自己為什麼會淪落到這種待遇。

「要什麼時候才消下去……」

他瞥了一眼自己的身體，忽然覺得這一晚真是漫長。

第七章

高景海趴在枕頭上睡到流口水。他越睡越旁邊，枕頭的邊角終於支撐不住而往下滑，他的腦袋被震了一下，驚醒過來。

他發現自己身處一個陌生的房間。

——好大……

他躺的這張雙人床，尺寸是加大的，床墊柔軟而有彈性，一看就很高級，大概二十幾萬跑不掉。床的兩邊都沒靠牆，只有床頭靠牆，這在風水上比較吉利。床頭櫃上有一顆黃水晶，想必也是招財用的。

房間的裝潢低調，但是很有質感。壁紙、衣櫥和床單都是象牙白、米色或烏金色等偏淺、偏暖的色系，沒有太突兀或較濃重的色彩，搭配在一起讓人眼睛很舒服。

房間裡沒有太多私人物品，有的話可能也都收好、放在櫃子裡了，所以高景海沒辦法從沒有雜物的地板判斷出房間的主人是誰，但他在床頭櫃上看到一套折好的衣服。

那套衣服不是他的。

他對全身赤裸的自己並不意外，因為昨天……

昨天，自己還記得什麼呢？

他跑去喝酒，好像被誰撿走……

在飯店房間或陌生的房間醒來不是第一次了，但房間這麼大、這麼漂亮，還有折好的衣服備在一旁，倒很稀奇。

高景海把衣服拿來穿，發現尺寸都偏大，而且這衣服上的味道……

他把衣角撩起來聞，因為他總覺得自己在哪裡聞過類似的氣味。

每個家裡都會有專屬於那個家庭的味道，可能是洗衣粉、洗衣精造成的，或是那個家庭的生活習慣、成員體質等等。

這衣服上的味道不是臭味，不是香精的化學味或漂白水味，室內也沒有鮮花或擴香瓶那種會產生氣味的東西，但附著在衣服上的味道很好聞，棉被上也有類似的味道。

高景海趴回床上，大口吸著。衣服上的味道比較淺，畢竟洗過了，但棉被上很濃，肯定是房間主人的味道。

好香……

他不否認這個舉動很變態，但是這張床好好躺，棉被抱起來好舒服。

是說昨天，到底……

做了吧？

「啊～～～～」

他捶打著棉被，心裡竊喜。因為可以在這麼大的房間醒來，表示房間的主人一定很有錢，棉被跟衣服都這麼好聞，表示那個人一定長得很帥……

——長期飯票，我來惹！

高景海穿上大一號的襯衫、大一號的內褲，故意沒有穿長褲，因為這樣看起來像「男友襯衫」，能露出他引以為傲的長腿，相信不管是誰都會拜倒在他的衣襬下。

他躡手躡腳地推開房門，看到走廊。

有走廊的房子，表示室內格局很大；可以在都市裡住大房子，表示對方超有錢！

走廊上的門都關著，但高景海發現其中一間有聲音。他踮起腳尖走過去，耳朵靠在門板上聽。

咻咻咻——砰砰砰——

動作音效？是在看電影嗎？

高景海先做了一個深呼吸，像在拆禮物似的，心裡既期待又怕受傷害，因為交換禮物也有可能換到爛禮物！如果對方沒有他想像中的美好……那打完昨晚那一砲就算了，謝謝不聯絡。

叩叩——

高景海敲了敲門，並後退一步等門打開。

門後的音效停了，高景海臉上掛著微笑，看到開門的人後，他的嘴角慢慢垮了下來。

「你醒啦？已經過中午了，我叫了外賣。我不知道你喜歡吃什麼，就點一些我想吃的。」

楊明熙從書房走出來，高景海原地震驚中。

「你為什麼會在這裡？」

「我為什麼不在這裡？」楊明熙完全搞不清楚對方在問什麼。

穿著居家服的楊明熙，天藍色的上衣和米色的長褲都是降了彩度的莫蘭迪色，日常中透露著優雅，讓人眼睛很舒服，高景海卻不敢多看。

「怎麼會是你……」

「你不記得昨天晚上的事了嗎？」

楊明熙看似有些不悅，但他瞄到高景海沒穿褲子的腿，雖然嘴上沒說什麼，不過眼神的銳利度減低了。

高景海快速地在腦袋裡搜尋自己還記得什麼。

脫光光在月光下跳舞，那應該是夢，他夢到自己正在草原裡參加神祕的中世紀奇幻祭典，祭典舉行到一半，來了一位騎著白馬的王子。王子的臉他看不清楚，但王子對他伸出手，把他壓在草地上。

王子到底是怎麼使用「輕功馬上飄」，從馬背上換到草地上的就先不管了，但王子不僅抓著他的雙手，還用膝蓋頂著他的胯下。

『啊……』他發出了奇怪的聲音，覺得下體漲漲的，好像一直有人在搓它。

他很期待王子會對他做些什麼，要「馬震」也可以……♡

但王子靠近他的耳邊，突然問道：『葛蘭碧八大法則是哪八大？』

『啊？』

葛蘭碧八大法則是分析師的必修理論，但高景海都已經想脫褲子上陣了，為什麼還要他背理論？不知道不會去查嗎？

就在高景海傻眼之際，王子突然站起來了。

王子神奇地換了一套黑色的騎馬裝，高景海認出那張臉——就是楊明熙！

『這麼簡單的東西都不會，還敢自稱分析師？』

楊明熙手持馬鞭，眉眼像一把利劍出竅，直刺上高景海的心房。

他的嘴角往上翹，神情高傲。

『不……我不是不會……』

『那你說，移動均線是什麼？』

『就……就是……股票的……平均……價格？』

『ＭＡＣＤ是什麼？』

『就是技術指標的……的……呃……也是判斷股價趨勢……』

高景海滿頭大汗，自己沒有一項回答得出來，真的好糟糕！

『股票不是漲就是跌，不然就是平盤，有很難嗎？』

楊明熙馬鞭一揮，指向高景海鼻尖，幾乎可以感受到「鞭風」削過的感覺。

『股票……股票當然很難！』高景海不知道自己哪來的勇氣，但他就是有一口氣憋在心裡，不吐不快，『你拿自己好不容易存下來的錢進場，每一塊都是你的血汗錢，當然會想贏！你又不缺錢，你不會懂！』

『不爽不要做啊。』

『咦……？』

楊明熙拿著馬鞭，輕觸著高景海的身體。先碰到乳頭，然後沿著胸骨往上。馬鞭的皮革彷彿塗了一層潤滑油，讓高景海覺得自己被碰到的地方都變得滑滑熱熱的。

『我說，不爽不要做，你可以轉職或辭職，去當清潔工或考公務員，這都很穩定。』

『可是……』雖然身體很激動，尤其是下體很不爭氣地抬頭了，但高景海覺得很空虛，好像自己的價值被否定了，讓他有一點傷心，『可是我喜歡研究股票……』

『不管你怎麼研究，都永遠贏不了我。』

高景海突然被人從背後抱住，他轉頭一看，是另一個楊明熙！

『因為我有一個武器，是你沒有的。』

又一個楊明熙！他穿著魔法師的長袍，寬寬的袖子裡露出潔白的手腕。

一共三個了！

『錢，我有很多的錢！』拿著馬鞭的楊明熙，用馬鞭抬起高景海的下巴，他的笑容令人不寒而慄，『本多終勝，沒聽過嗎？本金很多，所以一定必勝！啊哈哈哈哈！』

『哈哈哈哈哈！』

『哈哈哈哈哈！』

三個楊明熙像壞人一樣笑了起來，他們不斷逼近。

高景海被嚇得團團轉，好像天地都在旋轉，突然，他的腦袋震了一下，驚醒。

一切都是夢。

他看著眼前從走廊走到客廳，臉上有些不悅的楊明熙。

楊明熙穿居家服的樣子還是很帥，只是風格有點讓人難以想像，因為高景海以為楊明熙在家也會穿正裝。

「你站在那裡做什麼？」現實中的楊明熙開口，「過來吧，外送應該快到了。」

楊明熙拿出手機察看，正好，門鈴響了。

「你好～外送！」

楊明熙一打開大門，門外是戴著安全帽的外送小哥。高景海因為沒穿褲子，所以不敢出現在門口會看到的視線範圍內。

「可以給一個五星好評嗎？」

楊明熙滑動手機螢幕，當場就送出評價。

「謝謝！」

關上門，楊明熙把裝餐點的袋子拿到餐桌上，一盒一盒把裡面的東西拿出來，他還點了兩杯手搖飲。

高景海看不懂這操作。

「你平常都會給評價？」高景海也來到餐桌旁。

「有問我就給。」

楊明熙打開一盒，裡面是超香的烤牛肉，打開第二盒，裡面是混有鮭魚卵的散壽司。

「你是這麼好的人嗎？那如果對方跟你要電話，你也會給？」

「當然……要看對象。」楊明熙望向高景海，打量的眼神有些曖昧不明。他不懂高景海為什麼會這樣問，高景海也不懂他為什麼要這樣看人，「通常都是我跟別人要電話，而且沒有人會拒絕我。」

「是喔。」

只見楊明熙把免洗筷往桌上一拍，東西也不繼續拆，穿著拖鞋就跑了出去，留下高景海看著敞開的大門，非常傻眼。

高景海不懂這個人在發什麼神經，但滿桌的食物一看就是高級料理，他的肚子早就餓得咕嚕叫了。

不久，楊明熙回來了。

他把手機螢幕給高景海看，LINE上有一個新加入的好友。外送小哥因為戴著安全帽，臉被遮掉了大半張，但從LINE的頭像來看，他是一個長相頗為可愛的年輕人，而且很會拍照，懂得對鏡頭笑。

看到楊明熙狼狽地喘氣，卻還要故做優雅地整理頭髮的樣子。

「哈哈哈哈！」高景海大笑，「哈哈哈哈！」

他真的忍不住。

楊明熙默默放下手機，把剩餘的餐盒拆開，鮭魚、豬臉頰肉、鰻魚飯、酪梨沙拉，都是可以登上五星級飯店的菜色。他去廚房拿了兩雙自家的筷子和盤子，分別擺在餐桌的對面兩邊。

「你想跟我證明什麼？」高景海單手扠腰，覺得這一局簡單到爆，「你很受歡迎？桃花很多？無往不利？」

「吃吧。」楊明熙先坐下。

「你等一下要LINE他嗎？也許他可以來送晚餐，順便跟你一起吃。」

「如果我真的LINE他，你要留下來一起玩嗎？」

「3P嗎？可以啊。」高景海坐在楊明熙對面，態度很輕鬆。

其實，面對這一桌美食，雖然高景海嘴上逞強，但肚子早就餓到不行了。他跳過了早餐，現在都下午一點多，可以算早午餐了。

楊明熙瞥了高景海一眼，開始動筷子。高景海看到主人開吃，他也跟著吃，只是夾得比較小口。

楊明熙沒有針對外送小哥的話題繼續討論下去，高景海也沒有抓著話題不放，但他總覺得這男人怪怪的。

他對楊明熙的印象是什麼？優雅得像王子，出來玩很有風度，彷彿不管發生什麼事他都能扛住，但楊明熙方才的舉動就像小孩子在賭氣——你認為我做不到，我就偏偏要做給你看——你以為我沒那個能耐嗎？我就是有！

他好像在生氣。

意識到楊明熙好像在生氣，高景海不禁懷疑是不是自己昨晚做錯了什麼。

「那個……對不起……」

「……」

楊明熙仍低著頭吃飯，但他眨了眨眼，就像森林裡的小鹿豎起耳朵。

「我昨天晚上給你添麻煩了，我……我喝醉了……對不起。」

「你是該跟我道歉，但不只是昨晚的事。」

那還有什麼事？高景海想問，但對上楊明熙的視線就不敢問了。

楊明熙抬起頭，拿紙巾擦了擦嘴角，「我不懂，你為什麼會把自己喝到爛醉？因為是星期五嗎？仗著明天休假，就可以放縱？」

「……」我想喝到怎樣干你屁事！

高景海還是有一點理智的，他沒有立即脫口而出，但心裡對楊明熙的指責感到些許不快。

「如果我沒有出現，你要怎麼回家？」

「會有人幫我叫計程車……應該吧。」

「那太危險了。」

「不然呢？你要把你的司機借給我？」

「可以啊。」

「……」

高景海沒想到對方會回答得這麼乾脆。

「但司機的薪水你要自己付。」

「……」那有跟沒有還不是一樣！

「話說回來，你好像不記得昨天發生的事了。」

「呃……」其實高景海只記得一部分。

他好像坐在車子裡一直抱著誰，跟誰說了很多話。從「場地」這個條件來推斷，那個誰應該就是楊明熙，除非屋子裡還有其他人。但他為什麼要抱著他、過程中又說了什麼，高景海完全不記得。

楊明熙轉頭，視線飄到遠方牆角。高景海不懂那裡有什麼，也跟著看過去。

楊明熙家太大，遠方的東西太多，水晶礦石就有一大堆，還有一個專門的擺架，高景海不知道他在看哪一個。

「那個花瓶我不要了。」楊明熙收回視線。

「啊？」高景海不解。

「你拿去吧，那個我不要了。」

「……」為什麼要給我花瓶？

花瓶的高度大約九十多公分，盆底有個架子固定住，白底藍花的釉彩正是所謂的青花瓷，但那是不是真品，高景海判斷不出來。

「是說，你家有好多古董啊……」

高景海總覺得那些擺飾跟楊明熙很不相稱，雖然一樣都很貴很豪華，看起來就像有錢人家裡會有的東西，但楊明熙比較像會走北歐工業風的人。

「有些是我媽留下來的，有些是我爸拿來的，他們說可以招財，我就沒有丟掉了。」

「嗯嗯……」高景海點點頭，小口吃飯。

老實說，先不論談話的內容，可以跟楊明熙一起吃飯就讓高景海覺得心情很好。

楊明熙叫的餐點比兩人份多一點點，夠兩個男人吃，可能還會有剩。他在高景海還沒醒之前就叫餐了，沒有事先問過就把這件事情做好，就像他放在床頭櫃的衣服，或許他本人不覺得這有什麼，卻都讓高景海暈到下不了船。

高景海時不時偷看楊明熙，他不敢光明正大地直視對方，因為他怕自己對上那雙美麗的藍色眼眸，心會瘋狂跳動。

「上次你的提議，還有效嗎？」楊明熙放下筷子。

高景海愣了一下，什麼提議？

但他很快就意識到，是他用身體誘惑對方還失敗的那件事！

「還記得我第一次見到你的時候，我說，不知道怎麼選股的話，就去看哪家公司有賺錢。有賺錢的公司，股票就一定會漲。」

楊明熙突然談起正事，讓高景海有些猝不及防。

他還沒穿褲子呢！

「那是……那是『一般來說』！」高景海快速轉動著腦細胞，「確實，股價會跟著公司的營收有變化，公司的財報都是公開透明的。先不談財報有作假的可能，但股價通常會提前反應，在公布財報之前就先漲一波了，等到公布後才買股票就太遲了，正好被你這種大戶倒貨。」

「這次不一樣。」楊明熙悠悠地說。

高景海一點都不相信，「哪裡不一樣？」

歷史總是驚奇地相似，人總是會重蹈覆轍，高景海就不相信大戶有哪一天不倒貨，在這個時代，他們還會玩當沖！

「從兩年前開始，歐美陸續制訂了一堆跟節能減碳有關的法規，那時候還沒有人重視，但現在，已經改變了產業的生態版圖。」

「……」

高景海怔了一怔，他沒想到楊明熙會一本正經地說起國際局勢，而且說得頭頭是道。

「兩年前，股市經歷過一場暴跌，也跟這個法規有關，因為投資人認為歐美各國聯合插手企業的發展，對經濟體制是很不利的。大型資金撤出，從高風險的股市跑到低風險的債券，市場的信心崩潰，加上當時有一些天災人禍、氣候不穩定、傳染病，所以那時候的營收很慘，但現在不一樣了。」

「哪裡不一樣啊？」兩年前的暴跌，高景海仍記憶猶新。

「為了要應付兩年前的法規，很多公司開始了軍備競賽，結果就是讓自己有大量的資本資出，但是收入卻很慘，股價也很慘。兩年後，這些技術已經成熟，設備跟廠房也到位了，所以我們正在賺錢！大量的錢！」

楊明熙越說越興奮，眼裡彷彿閃爍著星光，高景海卻皺起了眉。

「這跟資金行情有什麼關係？」

「各國政府為了活絡經濟，大舉降低利息，熱錢湧入股市。股市就是由資金堆疊起來的，不然一間公司的營收再好，如果沒有人去炒，股價都不會莫名其妙漲起來。」

「……」高景海不得不承認，楊明熙說的對。

炒股給人一種負面的印象，好像這些人不務正業，每天都在買空賣空，但如果沒有資金在股市裡翻騰，股價就不會動，那一般的投資人也不會賺錢。

「有趣的是，這一波的行情不是每個人都看好，市場上的雜音很多。」楊明熙故意露出很困惑的表情，但高景海現在懂了，每當他露出那種表情，其實就是他勝券在握的時候。

「回到剛才的問題，選股。」楊明熙邊說邊吃，好像他即使一點也不在乎什麼用餐禮儀，但他吃東西還是很優雅，「你說的沒錯，股價會反應未來，但現在的問題是，我們不是只有賺一個月，我們會賺上一整年。假設第一季的財報公布了，股價上漲了，然後被大戶出貨，股價又往下掉，但是我們第二季還是賺錢，而且賺得比第一季還多，難道第二季的股價就會低於第一季嗎？嗯……」

楊明熙假裝思考了一下，「我不能說一定會，我也不能說一定不會，畢竟影響股市的因素太多了，國外的股市一跌，台股也會跟著連動，但你作為一個分析師，除了分析股票漲跌，不是也應該了解一下基本面嗎？」

「基本面不如一碗泡麵，從去年的大多頭開始，沒賺錢的公司也在漲。」

「熱錢亂竄嘛。」楊明熙似乎不以為然。

即使高景海嘴上逞強，但他心裡已經意識到自己太小看楊明熙了。

楊明熙不只是捧著大錢進股市揮霍的人，他是有眼光、有策略地在進行。

「所以，你覺得呢？上次的提議還有效嗎？」楊明熙問。

「……」高景海冷汗直冒，他答不出來。

以往，他可以很輕鬆地答應，因為畢竟對方都開口了，楊明熙又是這麼優質的菜色，和他睡沒有損失，還能得到情報。但在瞭解到楊明熙的立場後，高景海發現自己先前的態度是對這個人的侮辱。

楊明熙很認真地在做他自己的事情，他的視野跟別人不一樣，思考角度也不一樣，那是因為他的立場本來就跟一般人不一樣，但他對自己的工作抱持敬意，從不小看他的對手。

他的認真程度和一般的上班族沒有不同，自己卻想用身體誘惑他。

「如果我說『有效』，你就一定會給我正確的情報嗎？」高景海問得很謹慎，因為他知道楊明熙是一位主力，主力有太多方式作價[7]了。

「這個嘛……」楊明熙的眼神婉轉曖昧，「我沒辦法給你保證。」

「我要向你道歉。」

「嗯？」楊明熙歪了一下腦袋。

「對不起，我之前的態度很不好。」

「你之前的什麼態度呢？」

楊明熙拿吸管插入手搖飲，吸了一口，故意裝作聽不懂。

「你不是那種會被誘惑而耽誤大事的人。」

「你怎麼不說是你太沒姿色？」

「你都跟我睡那麼多次了，還嫌？」

「才兩次。」

「昨天晚上……」

「昨天晚上沒有！」

「我不信！」

他醒來的時候是全裸的，睡得很好的舒暢感他也很熟悉，怎麼可能沒做過！

7　作價：指積極買入，使股價拉高。

楊明熙聳肩，一副不在乎的模樣，「信不信隨你。」

「……」高景海想起了草叢酒吧老闆的話。

要不要問他？如果被拒絕的話……就被拒絕，剛好可以死了這條心。

「楊明熙！我……我……」

高景海臉紅了，就像含苞待放的山茶花，在清晨沾到了露水，嬌艷欲滴。

「就算沒有交易，我也想跟你睡……」

聽到高景海的話，楊明熙眼裡的冷傲慢慢融化了。他的臉部肌肉放鬆，泛起微笑，就像看到一株山茶花在自己面前綻放，他聞到自然的花香。

「我接受你的道歉。」

「……！」高景海的心臟彷彿被重重敲了一記。

這男人笑起來怎麼會這麼好看？

「多吃點。」楊明熙夾菜到高景海的盤子裡，也把另一杯手搖飲和吸管遞給他，「我不知道你喜歡什麼口味，就點了他們店裡的招牌。」

手搖飲用透明的杯子裝著，顏色紅白漸層，一看就是網美飲料。

「謝謝。」

高景海吃著楊明熙夾來的菜，時不時抬起眼眸看楊明熙。楊明熙都會對他回以溫柔的微笑，氣氛頓時變得溫馨。

「對了，我的衣服呢？」高景海問。

「早上拿去洗了，正曬在陽台上。」

「你會自己洗衣服？」

「為什麼不會？」

楊明熙以為他在開玩笑，但高景海是認真的，他對此有不好的回憶。

「我曾和一個人交往，他到了二十八歲還不會用洗衣機。在家有媽媽洗，出社會後他就拿去洗衣店。」

「我經常一個人去旅行，知道要怎麼照顧自己。」

楊明熙一邊吃著酪梨沙拉，因為好吃，所以他也夾了一些到高景海的盤子裡。

「沒有管家或傭人照顧你嗎？」

「也許我還沒那麼有錢。」

高景海的臉上帶著笑容卻不點破，因為這百坪豪宅不可能是楊明熙一個人從頭打掃到尾，

「你經常一個人去旅行？」

「嗯。」

「為什麼一個人去？你都不找旅伴的嗎？」

「我喜歡獨自行動，這樣我可以去我想去的地方，想睡多晚就睡多晚。」

高景海很難想像楊明熙會賴床，「像是你去義大利的時候？」

「你還記得我去過義大利？」

「你講過的話我都記得。」

楊明熙望著高景海的眼神就像找到了知音，「我每年會有兩次家族旅行，一次是跟我爸，一次是跟我外公，但我不想去的話，沒有人會勉強我。」

「你們家族旅行都去哪裡？」

高景海後來又去找了另一個財經記者，對方補足了小森沒講到的地方——楊明熙的母族勢力。當時，高景海心想什麼母族勢力，以為現在還是封建時代嗎？但楊明熙的母親和楊董的第二任妻子，簡直是雲泥之別。

楊明熙的生母姓張，張小姐的父親是一位海外華人富商，他們家的資產都在國外，因此在國內沒什麼人知道，除了跑國際線的記者。

根據那位記者的說法，星海集團早期是由楊董的父親創立，傳到了楊董手上才發展成「集團」。而楊董之所以能在短時間內快速擴張，就是用張小姐父親的資源。可能有外人不知道的理由，楊董和張小姐在楊明熙高中時離婚，但張家似乎有意栽培楊明熙，因此張小姐的父親仍和楊明熙保持著聯絡。

多年前的聖誕節，就有記者拍到張小姐的父親帶全家去聽歌劇，楊明熙也在包廂裡。

楊明熙作為一個金主型的主力，他能動用的資金可能有一部分就來自張家，然而這一筆龐大的「外資」進到星海集團，會對人事產生什麼影響？不知道，但一定會有人腦補。因此，也有人說楊明熙不在星海集團任職，就是因為他背後有張家的勢力，如果楊家還想要星海集團的主控權，就不會讓楊明熙上位。

楊明熙的身世簡直可以寫成長篇大作《星與海之歌》了！

「很多地方啊……」楊明熙掐手算著，「拉斯維加斯、洛杉磯……去年我爸帶著我爺爺奶奶，全家去愛爾蘭鄉下的莊園，親戚全部加起來有二十幾個人，他們把莊園整個租下來，人好多，真的好煩。」

即使楊明熙嘴上說煩，但他的表情很溫柔。

「你呢？」楊明熙問，「你會跟你家人去旅行嗎？」

「不常了……小時候比較有機會，會開車去附近縣市玩之類的。」

「那下次有機會我們一起去。」

「去哪裡？」

「都可以，你想去哪裡就去哪裡。」

「……」

對上楊明熙的目光，高景海不禁怔了一下。

那目光柔情似水，像要把他捧在手心裡寵著。

高景海感到有些心虛，他低下頭，只顧著把盤子裡的菜吃完。

他感覺到了什麼……他確實感覺到了什麼。有某種東西纏繞在他與楊明熙之間，但他不想深究那到底是什麼。

吃完飯，他們一起收拾餐桌。

高景海剛把盤子洗完，就被楊明熙拉到客廳。

客廳很大，除了L型沙發，窗邊有一組桌椅能喝下午茶。沙發後面有一座層板格架，是給主人放擺飾的地方，那上面的東西就很不楊明熙，因為都是暴發戶般的水晶礦石和金光閃閃的塑像。

楊明熙坐在深色沙發上，攔腰抱著高景海。

「幹嘛撒嬌？」高景海摸摸這男人的頭，像摸著一個小男孩。

「幹嘛不穿褲子？不是有幫你準備了嗎？」

楊明熙的手伸進襯衫下襬，摸著高景海的大腿。他的摸法是用整個手掌圈住臀部下方的大腿肉，再往上就可以摸到屁股了。

……好色。

「我現在去穿，你放開。」

「不想放。」

楊明熙故意叼起襯衫的布料。雖然他只咬了一點點，根本沒辦法讓高景海露出半吋肌膚，但他咬東西的樣子就很性感了。

「楊明熙……」

「嗯？」

「你一個人住嗎？」

楊明熙的手沿著高景海的大腿往上摸，「我一個人住，所以你不用擔心會有誰突然闖進來。」

楊明熙家的地板都是和式木地板，客廳鋪了一片類水墨花紋的灰白色地毯，高景海光著腳踩在那地毯上，毛料觸感很舒服。

「那……你還在等什麼？」高景海能感覺到手的熱度，知道那不會騙人，「你不想把我壓在地板上嗎？」

「因為我不是很確定……」楊明熙抬起頭，故意皺了皺眉，裝作很困惑，「如果我在這裡幹你，把你幹到腰都直不起來，我是不是要跟你說我下星期要操作什麼股票？」

「你要說的話我也不反對。」

「但我不是每天都在操作股票，有時候我也會出去玩，約一個可愛的小弟弟。」楊明熙一邊說，手指卻從大腿根部鑽進高景海的內褲，「我能約你嗎，這位弟弟？」

「你這樣好像變態大叔。」

「我又沒有很老！」

楊明熙拍了一下高景海的屁股，讓高景海嚇一大跳，覺得他這舉動更像大叔了。

「噯，你……」

屁股上的手拍完就拿不下來了，還順便捏住軟軟的臀肉，揉揉捏捏，讓高景海急得雙頰脹紅。高景海覺得自己像謎片裡的女主角，正在被電車痴漢騷擾。

「所以，這位弟弟，下週有空嗎？」

「什……什麼啊……」這週都還沒過完，他就想約下週？

高景海覺得有點可笑，但楊明熙把他的內褲拉下來，讓他笑不出來，「啊……！」

楊明熙握住高景海的陰莖，稍加搓揉，高景海就抓住楊明熙的肩膀，險些站不住腳。

楊明熙的手不是不舒服，但是……那畢竟不是自己的手。

「你放開……」

「這位可愛的弟弟，對我的服務不滿意嗎？」

「哼，我讓你看看什麼叫服務！」

高景海徹底脫掉內褲，並跪下來，舌頭舔了舔自己的嘴唇。

他掏出楊明熙的性器，低頭就含住了它。

小嘴溫熱而濕潤，他沒辦法把整根陽具都塞進嘴裡，因為太大了，但他吞吐著前端，一邊用舌頭舔著側邊，莖柱的部分也不忘用手上下擼動著。

「這才是昨晚的道歉……」楊明熙舒服地靠著椅背，享受被對方服務的感覺。

一開始，他還能欣賞高景海幫他口交的模樣，但很快地，他的神情就失去了從容。

他摸著高景海的頭、摸摸臉頰和下巴，像在逗弄小貓，但高景海可以感覺到，楊明熙的手越摸越大力，最後竟抓住了他的後頸，想要把他的頭壓低一點。

高景海故意抬起眼眸看楊明熙……極盡挑釁。

小嘴被肉棒漲滿，唾液沿著嘴角流下，淫靡至極，但楊明熙在高景海那雙淡紫色的眼眸裡卻看不到情慾。

「你喜歡把男人掌握在手裡，是不是？」楊明熙捏住高景海的下巴。

他的眼神熱切，呼吸急促起來是掩飾不了的。

高景海移開嘴巴，仍讓那根高高挺起的陽具貼著他的臉頰，「這種事一個願打一個願挨，不然，你也可以把我趕出去啊……」

「我想插進更緊的洞。」楊明熙望著高景海，懇切地道。

高景海故意伸出舌頭，舔著莖柱，「那你去拿套套？」

「我怎麼捨得離開你呢？我一刻也不想跟你分開……不，是你不讓我走吧？」

「唔嗯……」高景海親了肉棒一口，假裝沒聽到，「你剛剛說什麼？」

「我說，我一刻也不想跟你分開。」

他說得太真誠，有那麼一瞬間，高景海都要信以為真了。

高景海搞不清楚這是楊明熙的真心話，還是，這又是這個男人營造氣氛的戲碼。但就在高景海怔住的這一瞬間，楊明熙抓著高景海的臂膀，把人拉到沙發上。

因為都坐在沙發上，兩人的視線齊平了，沒有誰在上或誰在下，高景海得以直視楊明熙的臉，看到那雙認真的眼。

他就是想要有一個男人認真地對待他，不會把他的付出視作理所當然，不論何時都像把他捧在手心上一般重視。

高景海想起記者小森說過，楊明熙不是霸道總裁，因為他沒有總裁的職位。

先不論楊明熙的職位到底是什麼，但楊明熙根本不需要用霸道的作風，來彰顯他這個人有多行，他只需要用一雙認真的眼眸，深深地凝視你……在他面前的敵人不管有多頑強，都會投降。

這種男人，不是高景海擅長對付的。

這種男人，很危險。

高景海腦袋裡響起了警鈴，但他忍不住沈淪下去，因為舒服的感覺總是比痛苦還要讓人上癮。

高景海獻上自己的嘴唇，吻在楊明熙的嘴角。他閉上眼，從嘴角吻到嘴唇中間，讓兩人的唇貼在一起。雙手也抱住楊明熙的肩膀，身體也貼過去。

高景海跪在沙發上，膝蓋放在楊明熙的兩腿之間，他的兩條手臂越抱越緊，卻沒有感覺到楊明熙將手放上來。

高景海有些失望地結束一吻，他緩緩張開眼睛，卻發現楊明熙正盯著自己。楊明熙的神情一反常態，並不溫柔，他將手掌貼在高景海的脖子上，深深地吻下去。

高景海被吻倒在沙發上，楊明熙的舌頭撬開了他的牙關，他可以聞到對方衣服上的香味。楊明熙的身體壓上來，手掌仍貼著高景海的脖子。

高景海有種錯覺，楊明熙好像要把他肺裡的空氣都擠出來。

高景海的眼神變得迷離，楊明熙則把他的襯衫下襬拉起來，拉到胸部以上，露出乳頭。手從他的脖子往下摸，摸到乳頭，在那裡戳了戳。

「唔……」

高景海忍不住溢出呻吟，他被吻得七暈八素，腦袋彷彿要變成水母了。

楊明熙親吻他的下巴，在他因為乳頭被捏而抬起頭來的時候，親吻他的喉結。

高景海覺得自己像被吸血鬼咬了一口，而這個渴望他血液的男人，貪婪的嘴還在繼續往下。

楊明熙先起身脫掉上衣，但這個簡單俐落的動作讓高景海看到雙眼發直。

由於是套頭的上衣，要脫的時候會先雙手交叉、拉起下襬，那時，高景海看到的是楊明熙的腹肌。

在楊明熙把衣服拉高、脫過自己頭部的時候，高景海終於知道這男人為什麼穿西裝那麼好看了，因為胸肌很結實。

衣服終於被脫下來，但還是卡在手上的階段。高景海看到楊明熙的手臂肌肉，沒有練得很誇張，但是均勻、健康，讓他的身形很漂亮。

最後，楊明熙將上衣隨手一扔，瀟灑的模樣幾乎讓高景海聯想到他「轉身」的樣子。高景海感到胸口一陣緊縮，仍痴痴地望著楊明熙，因為人就是會被養眼的畫面吸引。

楊明熙本想繼續親熱的，但高景海的眼神不知道是怎麼回事，看起來有點痴呆。

「你還好嗎？」

「啊？」高景海回過神來。

「我在你面前，你都可以神遊啊？你這個人……不僅讓我懷疑我的技術，現在又讓我懷疑我的魅力了。」

「不……」高景海意識到楊明熙完全誤會了，卻不知道該怎麼解釋。

「你是想用激將法，讓我表現得好一點嗎？」

「不是！」

「有時候，我都覺得你是故意的。」

高景海覺得這男人才是故意的，脫衣服就脫衣服，為什麼脫得像在拍廣告？

「你把我推開、故意激我，然後又把我勾回你身邊。」

「……」高景海都不知道自己有這麼厲害。

「我昨天本來想去別的店，可是，又回到草叢酒吧找你了。」

「腳在你身上耶！」

「對，所以你不覺得你才厲害嗎？」楊明熙摸著高景海的臉頰，由上往下看著他，「你一通電話也沒打、一條訊息也沒傳，我卻來了。」

「所以我說，腳在你身上啊先生！我可沒有強迫你……」

「但是我想強迫你。」

楊明熙俯下身，吻住高景海的唇。

他的吻快要讓高景海不能呼吸，還把高景海卡在胸前的襯衫當作套頭上衣脫掉，這樣他才能從脖子吻到胸口，一路都沒有阻礙。

高景海的性器有一點抬頭了，他抱著這個男人，下體有意無意地蹭著。

楊明熙突然把一個方形小包裝拿到高景海面前，「幫我戴上。」

「你從哪裡變出來的？」

「重要嗎？」

「這表示你有預謀。」

「你可以推開我逃跑，大門沒鎖。」

「我在等你轉移陣地，回房間的說……」高景海想躺在那張舒服的床上。

楊明熙撕開包裝，套子卻遞到高景海唇邊，「用嘴幫我戴？」

「你這個煩人的大少爺！」

大汗淋漓地運動完，高景海別說腰直不起來了，他連一根手指頭都不想抬。他懷疑究竟是自己老了，還是楊明熙技術太好？

應該是他老了……雖然他才二十七歲，但出社會後就是一種折磨，每天只要一打卡就是上戰場，不老才怪。

在高景海意識朦朧間，他被楊明熙抱起來，走回臥室。

是令人憧憬的公主抱。雖然高景海已經沒力了，但還是抬起手臂，抱住楊明熙的肩膀。

楊明熙的嘴角勾起滿意的微笑。

楊明熙本來想把人抱去床上睡，但高景海堅持要去浴室。雖然他有點擔心高景海會跌倒，但在告知冷熱水怎麼開後，楊明熙還是把空間留給了對方。

洗完，兩人一起在床上睡午覺，度過悠閒的下午。

睡夢中，高景海覺得好像有人在摸他，還抱緊了他。

那感覺很舒服，輕飄飄的……

而且踏實。

即使暈船，他也知道這艘船上有一位經驗老道的船長，所以一定不會迷航——但老船長會不會把船卡在蘇伊士運河上就另當別論了，貨櫃輪那麼大一艘，運河是很窄的。

高景海趴在枕頭上，不知道睡了多久，醒來的時候看到楊明熙正坐在床上滑手機。楊明熙赤裸著上半身，下半身蓋在被子裡，但他的胸肌就夠讓人羨慕了。

「又是你家人傳早安圖來嗎？」高景海聲音慵懶。

「威廉密我了。」楊明熙單手打字，一邊回訊息。

「威廉？」

「中午的外送員。」

「……」高景海瞪大眼睛，睡意全無，而且還有點餓了。

「要我約他過來嗎？我們可以一起吃晚餐。」楊明熙轉頭望向高景海，嘴角勾起一個曖昧的微笑，似乎有些不懷好意。

「……」高景海也打量著楊明熙，要比不懷好意，他可從來都不會輸。

況且，他們算什麼關係？

高景海很有自知之明，不會因為打過三次砲，就認為自己在對方心裡占了什麼分量，他們兩人頂多只算性伴侶，如果他還想跟楊明熙保持聯絡，就最好不要惹惱主力大哥。

「好啊。」高景海十分愜意地躺回枕頭上，「叫他送你的單，順便留下來吃晚餐。」

高景海翻身背對楊明熙，在楊明熙對他的態度感到詫異的同時，他淺紫色的眼眸裡卻閃爍著異樣光芒。

第二回合開打了。

$ $ $

「你好～送餐喔！」

楊明熙打開大門，讓外送員進來。

脫下安全帽和口罩，威廉的長相就跟他在ＬＩＮＥ上的頭貼一樣。楊明熙走在前面，示意對方把袋子放到餐桌上。

「請坐，外面車子多嗎？讓你跑了兩趟真是不好意思。」楊明熙替對方拉開椅子，並露出他的招牌微笑。

「謝謝……」

威廉顯得十分受寵若驚，他本來想站起來幫忙，但楊明熙把餐盒一個個拿出來，根本不需要他動手。

「當外送員很辛苦吧？」楊明熙語氣溫和。

他打開一個紙碗，裡面是牛肉麵。

「還好，習慣了。」

威廉不敢坐著，便幫楊明熙把免洗筷子和湯匙擺好。

「你還是學生嗎？」楊明熙打開一個餐盒，裡面是龍蝦。

「哈哈，我畢業很久了。」

威廉長得一副娃娃臉，聽到有人這麼說，心裡還是很開心。

「你是做什麼的？可以透露嗎？」

「我在外商銀行。」

「銀行的薪水應該不錯啊。」楊明熙轉身去廚房，拿了三雙筷子和三個碗。

「我就是假日出來跑幾單，賺一點便當錢。」

楊明熙把筷子和碗拿到餐桌上，威廉這才發現多出來的那一雙。

「還有別人要一起吃嗎？」

「如果你不介意的話……」

「明熙！」忽然，有人叫了一聲。

那個人從走廊穿過客廳，像走在時尚伸展台，燈光都打在他身上。

楊明熙的目光被那人吸引過去，威廉也看傻了眼。

單邊紅唇勾起象徵自信的微笑，高景海穿著楊明熙的米色背心，底下沒有穿襯衫。

事實上，他底下什麼都沒穿。

他露出一雙光潔長腿，還有長腿上面的器官。因為楊明熙的衣服尺寸有點大，所以他刻意雙手扠腰，把布料抓緊，這樣就能塑造出貼身的假象。

他的脖子上繫著一條領帶。楊明熙認出那是他新買的領帶，銀灰色偏紫，跟高景海淺紫色的眼眸很相稱。

「明熙，你把人家叫來吃龍蝦，有沒有先跟人家說你有什麼企圖？」高景海沿著餐桌走到楊明熙身邊。

他的步伐曼妙，腳底下彷彿踩著旋律。

楊明熙不只目光被吸走，手也被吸到了高景海腰上，「親愛的，你怎麼不穿褲子？萬一感冒了怎麼辦？」

觀察到楊明熙的嘴臉有種「很故意」的感覺，根本是明知故問，高景海就知道自己下對這步棋了，這男人偶爾喜歡玩一點刺激的。

「這是為了讓你快點吃掉我啊。」高景海撥開楊明熙的手，坐在威廉對面的位子上。

威廉的臉色很難看，眼神一直飄。

高景海不禁想，這傢伙肯定以為自己來到有錢人的變態派對了，正在找機會離開呢！

高景海一方面同情對方，因為他只是楊明熙耍任性的犧牲品，另一方面也有想跟對方較勁的意思，只是他自己沒有意識到。他望向楊明熙，楊明熙正在幫兩人夾菜。

「你有不吃的嗎？」楊明熙問威廉。

「呃……有朋友ＬＩＮＥ我，我突然有急事……」

威廉拿出手機，虛晃兩招就從餐桌前起身。

高景海知道自己的手段是在打壓對方，便有些心虛地移開視線。楊明熙看出威廉的去意，也瞥了一眼高景海，見高景海沒說什麼，他便意識到該結束這場鬧劇了。

「我不能讓你餓著肚子離開，那樣太失禮了。」楊明熙收起捉弄的嘴臉，語氣變得真誠，「你有什麼想吃的就拿去吧，我們都還沒動。」

「呃……不用了……」

「請你一定要收下，還有拜託，不要把這裡的事說出去。」

楊明熙把裝有龍蝦的高級便當原封不動地打包好，並裝回袋子裡，遞到威廉面前。

不知道是迫於楊明熙的態度、氣勢，抑或是那高級便當不吃可惜，威廉收下了。

楊明熙把威廉送到門口，「對了，可以告訴我你在哪家銀行上班嗎？也許我們有相關的業務往來。」

意識到自己可能踏入了大客戶的地盤，威廉在職場上再怎麼菜，也知道楊明熙不是一個好惹的對象，「我……我絕對不會說出去的！我先走了！」

送走了外送小哥，楊明熙關上大門，轉過身來，走回飯廳。

「滿意了嗎？」楊明熙不自覺提高了音量。

「滿意什麼？」高景海挑眉反問。

「你不就是想要獲得我的關注嗎？」

「我以為是你想要獲得我的關注。」

「哈哈哈……」楊明熙笑了，「我為什麼會需要你的關注？」

「那我去把褲子穿上了。」

高景海說幹就幹，他溜下餐桌，跑回房間，留下楊明熙目瞪口呆，簡直不敢相信。

得不到的，最想要。這是高景海當證券分析師多年來的心得。

早上洗的衣服曬到晚上已經乾了，高景海穿回自己週五上班的衣服，走出房間。他手上拎著湖水藍色的西裝，穿著襯衫和西裝褲，這副打扮讓餐桌前的楊明熙收起笑容。

一時之間，彷彿出現了一張楊明熙得不到的股票，即使錢再多，他也買不到。

高景海坐回方才的位子，面前就坐著眉頭漸漸蹙起的楊明熙。

「我可以先吃了嗎？」高景海拿起筷子，語氣跟之前一樣輕鬆。

「是，當然可以，請用。」楊明熙的用詞卻變得很正式。

兩人安靜地用餐，但高景海注意到楊明熙好像心神不寧。

「你還好嗎？」出於關心，高景海還是問了一聲——不會是有食材不新鮮吧？

「你要走了嗎？」楊明熙直接道出自己的疑慮。

「怎麼？你捨不得我嗎？」

「明天放假，星期天，你想要一個人過嗎？」

「我會回去準備上班的東西。」

「這樣啊……」

「嗯。」高景海點點頭，楊明熙也點頭。

兩人都面帶微笑，高景海也不知道楊明熙是怎麼想的，但他在笑的同時，心裡也感到一股酸楚。

他不想離開，他發現自己竟然真的不想離開！

楊明熙會面帶微笑，是因為他現在只能用微笑來掩飾自己的慌張。對方要離開有點出乎他的意料，但他知道自己是沒有資格阻止的。真要阻止可是會變成犯罪，他可沒有極端到那種程度。

「先吃飽再說。」楊明熙不知道想到了什麼，但他的態度恢復成平常的樣子，夾菜給高景海，「吃不下的你打包帶走，你一個人住嗎？回去有東西吃嗎？」

「你怎麼像我媽一樣擔心？」高景海打趣地問。

楊明熙看高景海的眼神裡多了一層深意，因為高景海既然還願意跟他閒聊下去，他們以後就有說不完的話題。

時間，還長得很。

「我曾經花兩年的時間，專注買一檔股票，就只買那一家公司。」

「嗯？」

高景海的嘴裡都是食物，楊明熙突然開啟的話題讓他愣了一下。是又要跟他討論國際局勢了嗎？他趕快把東西吞下去。

「當時，那間公司的股票正處於緩跌的空頭走勢，沒有人看好，我就每天買一張，用不同的證券戶買，所以從盤後的數據都看不出來，我就這樣買了兩年，花了兩億。兩年後，我把股價拉起來，一口氣賣出，我的本金翻了一倍，那時候我才二十二歲。」

「你是少年股神……」

「不，我只是錢多。」楊明熙的表情很認真，認真到就像吃了誠實豆沙包。

「你為什麼要告訴我這些？」高景海問。

「我是一個很有耐心的人，不會看短期不順利，就覺得一支股票或一間公司不行了……生技股除外。」

高景海還是不懂對方提起過往戰績的目的，炫耀嗎？

兩人繼續用餐，吃完後，他們同樣一起收拾餐桌。

在高景海婉拒了飯後水果後，楊明熙送高景海去搭電梯。

「真的不用我送你回去？」楊明熙再三詢問。

「不用。」高景海擺擺手，「我想用走的，我自己會去搭車。」

「那我送你到樓下。」

「真的不用。」高景海攔住要走進電梯的楊明熙，「我跟你一樣，我可以一個人照顧好自己。」

楊明熙突然以雙手捧著高景海的臉，吻住他的唇。楊明熙的舌頭伸進來，舔到高景海的舌側。

高景海則半垂著眼眸，聞到的都是這男人的體香，他把眼睛徹底閉上，徜徉在這一個深深的吻別裡。

「記得我的吻。」在電梯門關上之前，楊明熙道。

電梯門關上之後，看著樓層逐漸下降，高景海呼出一口氣，靠在鏡子牆上。

他搞不清楚自己的想法了，他想從楊明熙身上得到什麼？他真的不知道，但是好想跟這個人在一起，想要待久一點……

他沒有忘記，搞投資的男人是不能碰的，要記取教訓。

第八章

激情過後，總是要回歸平凡的日常。

高景海順著楊明熙給的提示，從國外的法規開始查，查到一堆公司都在近期宣布漲價，有的是原物料漲價，使生產方的報價跟著漲，有的是產品的需求提升，供不應求造成的漲價，而為了將這些商品運到世界各國，運費也漲價。

漲價就會增加公司的營收，公司的營收上升就會有人想炒股。

高景海用他擅長的技術分析，配合市場趨勢，成功讓他的客戶賺錢，他也領到獎金。

雖然很忙，但是心情很好，他好不容易趁著吃飯時間，傳了一條訊息給楊明熙。

楊明熙的桌上堆著一堆文件，有基金會的、有星海集團的，他應該要把那些數字記進腦袋裡，但他的眼睛卻三不五時就瞄一下手機。

電腦螢幕上跑著程式單，由電腦幫他下單。程式怎麼寫的是機密，但程式單的好處就像自動駕駛，只要設定航線，船長不必全程掌舵。楊明熙偶爾看一下螢幕，其餘的還是由員工處理，因為他此時必須先消化桌上的文件。

星海集團快要開法說會了。

法說會就是法人說明會，通常是讓法人機構和大股東去聽的，公司會先報告目前的業務發展狀況、財務狀況等，最後回答在場各位專家的問題。

楊明熙沒有在星海集團任職，照理說，這些事跟他無關，但他想先看過公司的簡報，知道那些拿麥克風的經理們會怎麼報告，為此，他必須先消化他們傳來的資料，也趁這個機會搞清楚公司到底賺了多少。

上週六分別後，他就沒有高景海的消息了。

他忙到沒有時間去小酌兩杯，所以也沒有邀約高景海的理由，直到——

「老闆，這是今天收盤的資料。」

趙祕書要把平板遞給楊明熙，但楊明熙突然抄起手機，害趙祕書差點把平板摔到地上。

『上次你說要寄一箱給我，現在還有效嗎？

我的地址：台北市○○區○○路

電話：09XX-XXX-XXX』

楊明熙看到高景海傳來的訊息，立刻撥出梁孝鴻的電話。

上次梁孝鴻送的那一箱，除了蜂蜜，他帶來放在辦公室給大家泡茶以外，米還留在家裡，因為是真空包裝，可以放很久，其餘要放冰箱的蔬菜最後都爛到丟掉了。

『喂？』

「梁孝鴻，你那個再給我來一箱！」

『啊？』

以這條訊息為契機，兩人開始有一句沒一句地聊了起來。

……當然不是跟梁孝鴻聊。

$ $ $

最近，草叢酒吧的老闆發現店裡的氣氛變了。

自從那個年輕人來了以後，店裡的氣氛就變得很陽光，好像有什麼閃閃發亮的東西正在萌芽。

本來開一間酒吧，客群都是男同志，少不了一些摸來摸去的事趁著燈光昏暗上演，尤其是在這速食愛情的時代。打砲後才談心似乎已經變成了年輕人的常態，所以老闆特別叮囑員工，要保持廁所清潔，每隔兩個小時就要巡一次，並簽名記錄。

但是，自從那個年輕人來了以後，大家都不去上廁所了。

大家的眼睛都盯著他轉，酒吧猶如變成了舞蹈教室，大家都想跟他跳。

幾天前，老闆搭建小舞台，給一個朋友的樂團表演。那群人平常都是上班族，不求報酬，只想要一個演出的機會，老闆也隨意了，反正大家都是朋友，給個方便。

恰好，陳董來玩了。

老闆跟陳董是多年的老朋友，陳董年紀大了、沒有姿色了，叫他去搭訕別人他也不敢，只有那個年輕人對陳董伸出邀舞的手。

沒想到這麼跳過之後，大家就忽然迷上了國標舞。

國標舞有固定的舞步，也有一些身體接觸的部分，但那個年輕人就是有辦法跟大家牽手摟腰，還保持著王子般的風度，不會讓人覺得是性騷擾。

人帥真好。

「阿海，」老闆一邊擦杯子一邊問坐在吧檯吃三明治的高景海，「你們不是在約會嗎？放任他到處跳，你都不擔心？」

「我們沒有在約會。」他回答這句話的時候，完全不用思考。

「可是，他今天不是跟你一起來的嗎？」

「跟我一起來不等於在跟我約會。」

「他就是你暈船的對象，對吧？」胸懷八卦的老闆，早就敏銳地注意到了。

高景海倒也不否認，「我是資深水手了，所以，不管有多暈，我都應付得來。」

「他上次送你回家，你們後來有發生什麼嗎？」

「算……有吧。」高景海挑挑眉，故意不透露，反而勾起老闆的好奇心。

「你的狗回到主人身邊了？」

「這個嘛……」高景海轉頭，望向舞池。

自從他主動傳LINE給楊明熙後，兩人就開始有了聯絡，但他可以感覺到楊明熙平常一定很忙，因為他回覆的句子都很簡短，似乎不願意多說自己的私生活，但有時也會用貼圖，讓人覺得很可愛。

有時候，高景海會問一句「在幹嘛」，訊息送出後本來有點擔心，因為怕這樣會吵到對方，但楊明熙總是會回，不管有多晚。有時候他傳早安、晚安的可愛貼圖或文字問候，楊明熙就會傳老人群組的早安圖或是「平安喜樂」圖，讓高景海每次看到都很想笑，這人真的只有二十九歲嗎？

如此一來一往的問候，一直持續都沒間斷。

早上收到楊明熙的早安圖，高景海就覺得心情很好，晚上收到晚安或「平安喜樂」圖就覺得好像有一個人，一整天下來都對你不離不棄，所以明天也可以繼續奮鬥下去，這是任何一個砲友或前幾任的男友都無法帶給他的感受。

「他不會回到我身邊。」高景海自言自語，「我不是他的主人，他不是我的狗，他怎麼會回到我身邊？」

「你們吵架了？」

老闆看那兩人不像吵架的樣子，但掩飾情緒本來就是職場的基本功，如果兩人當中又有誰比較愛面子，這種事外人就不好多說。

「沒……」高景海搖頭，「我們沒有吵架……」

「那你還在等什麼？」

高景海不懂老闆是什麼意思，但他看到楊明熙牽著一位年輕弟弟。對方看起來像大學生，因為臉上沒有上班族被操了九小時的疲態，穿著也很時尚，應該是家境不錯。

那位弟弟好像有一點舞蹈底子，他的腳步輕盈，動作大方，楊明熙不用花太多力氣領舞，他的配合度就像呼吸一樣自然。高景海不禁想，現在大學生是怎麼回事？不去跳韓團舞蹈，居然跳起了國標舞？

國標舞請留給老人跳好嗎！

「阿海，你眼睛像要冒火了。」

高景海收回視線，裝作沒事的樣子，「我很滿意現在的狀況，他玩他的，我玩我的，彼此沒有束縛，想在一起就一起，很輕鬆。」

「我覺得你們挺像的。」

「哪裡像？都一樣是ＸＹ染色體嗎？」高景海嘲諷點滿。

「那種看起來越光鮮亮麗的男生，背後就有越不可告人的祕密，就像你——表面上是招人喜愛的網紅，還是講財經的，簡直超有學問，結果，還不是在我的店裡釣男人？」

「我來你店裡釣男人，那是你的榮幸，增加你店裡的顏值！」

「我看除了我的店，你也在很多地方釣吧？啊～真是有夠飢渴的！好淫蕩♡」老闆雙手捧著自己臉頰，心智年齡十八歲。

「……」高景海放棄言語。

「所以，你什麼時候要說？」

「你變臉也變太快，到底要我說什麼？」

「『你要跟我交往嗎』？」

「不要。」高景海想都沒想就回答，讓老闆玻璃心碎滿地。

「我不是說我！我是說『他』！」

老闆用眼神和下巴指向舞池那邊，高景海這才意識到老闆指的是楊明熙。

高景海的工作時間很長，朝九晚五形同虛設，連中餐、晚餐都是在公司解決的，因為金錢不會休息。

Money never rests.

他不會犧牲工作的時間去見楊明熙，楊明熙也沒有主動約他。

今天是週五，他們會在草叢酒吧見面是高景海提議的。兩人約在高景海完成直播的「下班後」，普通人早就吃過晚餐了，然後楊明熙一來就被其他客人搭訕，跑去跳舞，高景海只好怒吃宵夜。

「你不是對他有意思？他看起來也不像不喜歡你，所以……怎麼樣啊？打算什麼時候要交往？」

「你會不會想太多？」高景海都想翻白眼了，「都還沒告白。」

「你們該做的都做了吧？」

「……」高景海不說話，但他用大拇指比讚。

「好男人就是要把他綁在身邊，不然他去找下一個怎麼辦？」

高景海聳肩，「我不在乎。我說過，我覺得這樣很好。」

「你最好記得你這句話。」

「他有一堆約砲群組，後宮不知道有多少人，我才不想跳坑。」

「約砲群組？」

老闆驚訝得目瞪口呆，不敢相信那一表人才的年輕人居然……

「我想加！」

「咳——」高景海差點嗆到。

「你想要吊人胃口也不是不可以啦，這是你的選擇。」老闆拿起一個洗好的杯子來擦，但眼神一直離不開楊明熙。

高景海看看老闆，又順著老闆的視線看向舞池，楊明熙此時正牽著不一樣的小弟弟，方才那個很會跳舞的大學生已經被冷落在一旁了。

「也會有人只想要享受曖昧的過程，畢竟戀愛是要花時間去談的，現代人白天要上班、晚上要追劇，打砲最快。」老闆的口氣有點酸。

「我想要再觀察看看。」高景海為這段關係下了一個小結論。

「觀察看看……觀察看看……到底有什麼好看的？就不怕越看越慘？」老闆捧著杯子，壓著心窩，像說到了傷心處。

高景海有點嚇到，「你怎麼了？」

「我……噢嗚嗚嗚……」老闆抹抹眼角，梨花帶淚。

高景海覺得那是一朵快謝了的花，拿來泡茶可以，但他不想憐香惜玉。

「你願意聽我說嗎，阿海？」

「如果是遇到渣男，我很樂意陪你一起罵他。」

雖然老闆對愛情觀說得頭頭是道，就像某人在談論國際局勢那樣，但高景海知道老闆目前仍舊單身，已經好幾年了。這年頭開店不容易，老闆幾乎都把時間奉獻給了工作和追劇。

「渣男……」老闆瞬間咬牙切齒，雙拳像要把抹布擰斷，「比渣男更渣！」

「……」高景海愣住。

「遇到渣男，當成被狗咬了一口就好，你會去跟狗計較嗎？那是畜生！但這個不行，這是在我心裡挖肉啊！」

「到底是什麼事？」高景海都擔心起來了，「你該不會是遇到詐騙集團吧？騙財……又騙色？是說，你有色好騙嗎？」

「哼，沒禮貌！」

「好啦，是什麼事讓我們永遠十八歲的老闆那麼難過？我幫得上忙嗎？」看在老闆總是聽大家煩惱的份上，高景海真誠地問。

「是這樣的，我之前買的股票好不容易解套，終於像冒出頭的新芽往上漲了！」

「……」高景海只想把自己的擔心討回來，「恭喜你啊。」

「可是，我看它才漲一點點就很不甘心！萬一我現在賣掉，後來又噴出怎麼辦？我沒賣，結果它又跌下來，我又繼續套牢，嗚嗚嗚……」老闆摀著心口，那裡好痛。

你買股票就是為了解套嗎？高景海無言到爆。

「你是買整張還是零股？」高景海問。

台股的交易規則以一千股為「一張」，不到一千股叫做「零股」。

「我買整張的，我好不容易解套，但看它賺一百元、只賺那麼一點點就很不甘心……啊啊啊啊！早知道我就賣掉了！」

「修但幾咧！」

高景海記得老闆買的是星海集團，星海集團的股價偏高，一張換算下來要十幾萬。

花新台幣十幾萬買一張股票，才賺一百塊就想賣掉，去便利商店打工的時薪都比一百塊高了！

高景海不懂這是什麼非之操作，但他能理解老闆的心情，因為這就是人之常情。

「我以前看過一個中小企業的老闆，身家上千萬，但是玩股票賠錢，賠了上千萬，後來公司就收起來了，員工都裁掉……」高景海想了一下，「但老闆好像過得還不錯。」

草叢酒吧的老闆瞪了高景海一眼，那故事的結局一點都安慰不到他，「所以，我應該要認賠賣掉嗎？」

「我沒辦法給你建議。」

「你不是投顧老師？」

「因為錢是你的，做決定的是你，我可以告訴你未來有哪些可能性，但選擇權在你身上。」

「什麼選擇權？」

一道低沈的嗓音突然殺進來，讓高景海的心多跳了一拍。

一條手臂搭在高景海的肩膀上，拿起高景海面前的調酒，優雅地喝了一口。

高景海今天點的酒比上次貴一點，是老闆特調的雞尾酒，整杯都是乳白色的，聞起來有檸檬的味道。

「你們在聊什麼選擇權？」楊明熙把杯了放回高景海面前，坐在旁邊的高腳椅上。

高景海瞥了楊明熙的手臂一眼，因為那條手還搭在他的肩膀上，讓他很不習慣。高景海可以接受自己跟某人有「身體上的重疊」，但搭肩、摟腰或牽手……只要是在公共場合，他就會顧忌世俗眼光。

「不是那個選擇權。」

「哪一個選擇權？」老闆都要懷疑自己的國文程度了。

「『選擇權』是一種金融商品，新手別碰。」高景海對老闆抖抖手指，像在撣灰塵。

「好……」老闆識相地走開了。

「你臉上沾到醬了。」楊明熙比比自己的嘴角，「另外一邊。」

高景海這才把嘴巴擦乾淨，但他看著面帶微笑的楊明熙，頓時覺得很不好意思，因為這樣好像小孩子，一點也不像一個成熟的大人。

「要跟我跳最後一支舞嗎？」

「我不會跳……」

楊明熙一點也不介意，他替高景海撥了撥翹起來的頭髮。

「我可以教你。我也沒有多厲害，但是錯過能跟你在大庭廣眾下牽手的機會，我覺得太可惜了。」

「……」高景海忽然懂老闆說的陰暗面了。

這個男人不可告人的祕密並不是他是專割韭菜的主力大戶，而是他很會撩！不知道有多少小弟弟被他撩到床上！

「幹嘛那樣看我？」楊明熙覺得高景海呆滯的表情很有趣，他牽起高景海的手，「來吧，你沒有抱著我不放讓我很不習慣呢！」

「我什麼時候抱——」

高景海話還沒說完，就被楊明熙拉到舞池。

慢節奏的音樂響起，楊明熙的左手握著高景海的右手，右手放在高景海的腰上。

高景海看過電影裡是怎麼演的，也有樣學樣地把自己空出來的左手放在楊明熙的肩膀上。

「下來一點。」楊明熙突然道。

「啊？」

「你左手的位置，下來一點，手臂放鬆，不要像按摩一樣緊抓我的肩膀。」

「喔喔……」高景海因為被糾正了，耳根子都紅起來。

楊明熙的表情卻很愉快，「如果你怕變成『鹹豬手』，就把五根手指頭併攏，像我右手這樣。」

楊明熙故意加重右手的力道，讓高景海感受到貼在後腰的手掌。高景海確實覺得不一樣，因為那手掌宛如變成一股支撐，好像有人在背後督促著，讓他不知不覺地把腰挺直。

「記得呼吸。」楊明熙快笑出來了。

「呼～」高景海呼出一口大氣，但他還是有擔心的地方，「如果我踩到你怎麼辦？」

「嗯……賠我一雙皮鞋？放心好了，不會很貴，大概就你半個月的薪水。」楊明熙看到高景海嚇到嘴巴都張開了，那表情太有趣，他忍俊不住，「社交舞有很簡單的，總共三步，你先右腳後退、左腳往旁邊跨、最後右腳併過去，就這樣。」

「就這樣？」

「嗯，就這樣。肩膀放鬆，這又不是舞蹈比賽。」

舞步當然不只這樣，但楊明熙可以領舞，讓對方跟著他跳就好。他靠手臂的力道和身體的方向，不知不覺地影響舞伴的腳步，先把吃力的那部分扛下來了。

「你參加過比賽嗎？」高景海純粹好奇。

「沒有。我又不是專業舞者，只是跳好玩的。」

高景海的腳先是有點踉蹌，差點踩到，但是他越來越可以跟上楊明熙的動作，因為那舞步都是重複的，而且著重在腳，他們兩人的手一直都擺在相同位置，沒有放開過。

高景海不禁疑惑了，跳舞有這麼簡單嗎？

他馬上就學會了……難道他是天才？

「怎麼了？」楊明熙看到高景海懷疑人生的表情，很難忍笑。

「因為這好像……跟我看到的不太一樣……」

「其實我比較喜歡這種慢舞，還能一邊聊天。」

「我以為你會拉著我轉來轉去。」

「要轉也可以啊。」

「不了，這樣就好了……」

慢慢跳，拍子和舞步都是固定的，手也不用舉起來，所以不會很難。而且，因為兩人的身體很靠近，他可以聞到楊明熙身上的香味。

「其實，我們跳的都叫社交舞，目的是社交，真正的國標舞是比賽用的，因為有標準的動作，才叫『國際標準舞』。」楊明熙解釋道，「國標舞本來就源自於社交舞，所以有很多動作都很類似。」

「那你一開始怎麼會跳？」高景海問。

「我是跟我媽媽學的，正確來說，是我媽媽的老師。」

「你媽……」

「我親生的媽媽。」楊明熙補充道。

高景海怕提起他媽媽，會觸動到小時候爸媽離婚的傷心事，所以沒有多問，但楊明熙不像他那般多慮。

「我媽媽有很多外國友人，她以前會辦餐會或派對，邀請大使館或是某某國際交流協會的人來。她也會叫我陪她練習。」

高景海不禁想，楊明熙的媽媽一定也像他，是一個優雅的女人。

「你媽媽呢？」楊明熙問。

「我媽很普通。」高景海不知道這有什麼好說的，「她頂多是去公園跳廣場舞？」

「那也很好啊，多出去走走。」

楊明熙面帶微笑。他的眼眸溫柔而深邃，專注地望著高景海，好像光用眼神就能訴說浪漫情詩。

冷不防地，他手臂一繞，讓高景海轉了個圈。

高景海沒料到自己會被當成陀螺轉，一時重心不穩，眼看就要跌倒，卻跌入了楊明熙的懷裡。

楊明熙接住高景海，眼神依舊溫柔，但多了情慾的顏色。

高景海對上楊明熙的視線，又因為剛剛那一轉，覺得自己像在走鋼索，心臟怦怦跳。

這就是所謂的吊橋效應嗎？

高景海不知道，但這種被耍得「團團轉」的感覺像極了愛情。

「你等一下要去哪裡？」楊明熙一手推著高景海的腰，讓他站好，「要去我家，還是……」

高景海的右手被緊緊握著，他像楊明熙方才說的那樣，將左手五指併攏，貼在對方肩胛骨的位置。兩人又回到了一開始跳舞的姿勢，只是，高景海的心態已經不同了。

「我想……」

「你想怎麼樣，我一定會做到。」楊明熙靠在高景海耳邊，低聲道。

高景海的眼裡閃過一抹戲謔的光芒，「我想去找一張雙人床，上面灑滿鈔票，我們就在那張床上做愛？」

楊明熙望向高景海，似乎在思索著什麼，但他握著高景海的手沒有鬆開，腳步也持續規律移動。

玩笑開太大了嗎？高景海暗忖。

半晌，楊明熙勾起了嘴角，「如果是我，會把地板也灑滿。」

不等高景海露出詫異的神情，楊明熙就拉著高景海離開草叢酒吧，直奔提款機。

第九章

房間地板上都是鈔票，桌上有喝到一半的香檳；裝迎賓點心的盤子被打翻了，雙人大床上躺著兩具赤裸的身軀。

高景海剛做完激烈運動，剛才瘋狂地騎在人家身上，他的臉上有氣血循環變好的紅暈。他急促的呼吸慢慢平穩下來，身體感到放鬆，雜亂的思緒都停擺了，不會覺得腦袋裡好像塞滿了東西，一直轉，停不下來。

「睡一下吧。」楊明熙躺在高景海身邊，對高景海伸出他的手臂。

但高景海寧願選擇枕頭，比較軟。

「不想睡。」高景海的聲音像在撒嬌。

本來如果身體累了，腦袋也進入休息狀態，他應該會很想睡，但因為心情很好，所以他不想那麼快睡著。

「為什麼不想睡？」楊明熙側躺，望著高景海。

「因為想跟你說說話。」高景海把枕頭拉過來，也側躺，和楊明熙面對面。

「我也想跟你說話，跟你在一起，時間總是過得好快，把那些時間拿來睡覺太可惜了。」

「哈哈……」

高景海也有同樣的想法，於是，他更不敢看楊明熙了。

他覺得很尷尬，心裡小鹿亂撞。他在意對方的一舉一動、對方的眼神，甚至對方呼吸的頻率。他想知道對方的視線是不是放在他的身上，想知道對方的喜好是不是跟自己一樣，想從話語裡分析出蛛絲馬跡，想知道對方的想法是不是跟自己契合。

他很久沒有這樣的感覺了，這種感覺已經不是打砲、抒壓可以形容的，因為打完了還會想繼續下去，即使沒身體的交流也想要有思想的交流，這段關係已經逐漸變得跟高景海想像的不一樣了。

他陷下去了。

陷入愛情的感覺裡。

他只希望這不是「錯覺」，因為楊明熙是個很會營造氣氛的男人，他之前就體會過。

「不是想說話嗎？怎麼不說了？」楊明熙溫柔地問，並摸了摸高景海的鼻子。

「我之前做了一個夢。」

「夢到什麼？」

「你考我ＭＡＣＤ是什麼。」

「啊？」楊明熙想大笑，但高景海的表情太認真，讓他想笑卻沒笑出來，憋到快內傷。

「我答不出來，然後……」

「然後？」

「你就打我。」高景海省略了很多細節，包括三個楊明熙。

「我在夢裡虧待你，所以，你就想要我在現實中補償你嗎？」

「我沒那樣說！」高景海豎起眉毛。他從枕頭上爬起來，趴在床上，「都已經說好不跟你談交易了，我又不想從你身上得到什麼……」

他的腰線很性感，凹下去的地方讓楊明熙多瞄了幾眼。

「我倒寧願你這麼說，那樣會簡單很多……」楊明熙喃喃自語。

他看到高景海又躺下來，打了個哈欠，好像是睏了。

高景海一直眨眼睛，但是又捨不得睡。他拉上棉被，蓋到胸前，遮住楊明熙留下的吻痕，「咦？你剛剛有說什麼嗎？」

「比起MACD，我比較常用RSI[8]，要考你也是考RSI。」

「我也很常用RSI，但是RSI碰到鈍化就要小心了。」

「我也這麼覺得……」

高景海的回答在楊明熙的預料之內，因為高景海是一位分析師，自然懂專業術語，但跟高景海聊天的感覺卻在楊明熙的意料之外，很愉快。

這些都不是他跟「CP值很高」的人會聊的話題，大概也沒多少人對這話題有興趣，所以好不容易遇到一個人跟自己有共通的興趣，他很開心。

8 RSI：又稱相對強弱指標，主要用來評估股市中，買賣雙方力道的強弱。

「咦？原來主力大戶也會用ＲＳＩ？」高景海又瞬間睜大眼睛，像發現了新世界，「我還以為你們用都錢畫線，要漲要跌都是由你們操縱的，原來也會看技術指標？」

楊明熙笑得有些輕蔑，「你把主力當成什麼了？要漲要跌是市場的集體共識，不是一個人能決定的。」

「其實，主力跟主力之間也會互相廝殺，對吧？」

「嗯。」楊明熙倒不否認。

「而且，主力跟主力之間的廝殺，有時候會更慘烈？散戶賠個百分之一、百分之二就很心痛了，主力大戶把上千萬、上億的資金倒進股市裡，一旦輸錢，會損失更多。」高景海躺在枕頭上，真可謂高枕無憂，「但我們也不用為那種人擔心，因為他們一定馬上就賺回來了。」

「我有遇過賠了好幾個億，爸媽不准他再碰股票的。」

「哦？」楊明熙的話引起了高景海的興趣。

「他都跟公司派打好招呼了，想當那檔股票的主力，沒想到遇到外資放空，最後跑來找我幫忙，叫我把股價拉上去。」

「你拉了？」高景海想看到血流成河。

楊明熙反倒笑了，「股票已經跌了一大段，上檔重重壓力，加上當沖客一堆，那個金額太大了，我做不到。」

「你也有做不到的事？」

「當然有。」

是男人都不喜歡在床上示弱，尤其又脫光了衣服，但楊明熙不避諱地說出自己也有做不到的事，讓高景海覺得這個人好不一樣。

「你……這一週忙嗎？」高景海想關心一下自己的床伴。

「還好，我會自己安排時間。」

不算忙到天翻地覆，也沒有清閒到可以去吃喝玩樂，楊明熙桌上有一堆報告，但他每天都在等手機的ＬＩＮＥ發出震動。

「那你呢？忙嗎？」

「噢，超忙！」高景海翻身改為正躺，看著天花板，眼睛卻時不時瞇了起來。

「忙什麼？」那模樣真可愛……

「就工作的事……啊，我接到業配了！」

「業配什麼？ＥＴＦ（指數股票型基金）嗎？」

「洗髮精。」高景海簡直無言，但他無言的嘴臉也只敢在這時候展現，「業主是要我一邊洗頭，一邊講『今天加權指數開高、走高、收最高』，然後小編水一潑，我剛好把泡泡甩掉嗎？」

「我覺得可以。」楊明熙的嘴角彎成了一個好看的弧度。

「還有，有一個農二代來找我，他是我的客戶，最近有賺錢，問我要不要業配他們家的水果。他家是專門做外銷的，哈密瓜很甜，他有先寄一箱過來給我們吃，我自己都想跟他買了。」

「你喜歡吃哈密瓜？」

「甜的我都愛。」

「我也喜歡吃甜的。」楊明熙看高景海的眼神簡直要飛上天了，「平常一直動腦，就會想吃甜的，我之前就訂了好幾箱水果分給全公司的人。你不早說，我就寄給你了。」

「哈哈……」

高景海笑得有些尷尬，之前他們還有些不愉快，但楊明熙此時好像都不在意了。

高景海調整了一下姿勢，方便望著楊明熙那張俊美的臉，「楊明熙，你為什麼要做股票？」

「問這個做什麼？」

「你不缺錢。」高景海看過太多人對股市前仆後繼，「賺錢有很多種方法，你為什麼要選股票呢？」

「今天十塊買進來，明天二十賣出去，這麼有趣的遊戲，誰不喜歡？」

「哈哈！哈……」高景海笑著笑著，卻覺得有點心酸。

楊明熙把高景海抱過來，讓他能躺在自己的臂彎裡，「我以前遇過一個老闆，他放了五億的錢在股市裡滾，但他每天都睡不好，很怕今天這支跌了、明天哪支又跌，他透過朋友的介紹找上我，問我能不能幫他想辦法。」

如果我有五億……高景海會選擇原地退休！

「我花了好多天檢視他的持股，一個一個去查他的投資標的，也打聽過他的財務狀況。」楊明熙露出困惑的表情，是真的很困惑，「我必須老實說，他買的股票確實有一些奇怪的狀況，但有一些也還好。他既然都來找我了，我就問他，是不是要我把他的股票處理掉？」

「你怎麼像在做營業員的工作……」

「禮尚往來嘛！」

意思就是，今天楊明熙幫了他，改天他就會幫楊明熙，有錢人互相集結起來是很可怕的。高景海暗忖。

「他拒絕了，他認為用錢才能滾出更多的錢。」楊明熙繼續說故事，「他每天都睡不好，他老婆非常擔心他。他老婆叫我把股票賣掉，把錢放在床底下都比看著數字漲漲跌跌好，老公卻不同意，所以他們吵了很久。」

「為了股票吵架的夫妻，他們不會是史上第一對。」

楊明熙的微笑裡帶有認同感，「看來，你也遇過不少？」

「我也不想跟搞投資的男人在一起……」高景海咕噥著，楊明熙卻聽得很清楚。

「我們又不是夫妻，你怕什麼？」

夫妻……高景海不小心做了一點聯想——心靈手巧又溫柔的楊明熙，穿著圍裙做家事……

高景海突然胸口狂跳，他怕自己是壓力太大、飲食不正常，心臟有問題了！

「後……後來呢？故事不要說一半啊！」

「老公來問我怎麼辦，老婆也來問我怎麼辦，我夾在他們中間，旁人還以為我介入了他們婚姻呢。有錢人最愛流言蜚語了。」

「怎麼不說是你老愛跟人家搞曖昧？」

楊明熙假裝沒聽見，「後來，那位老闆去看精神科了，每天都要吃安眠藥才睡得著。」

「那他的錢呢？」

「還在股市裡。五億又沒多少。」

「我可以問你有多少資金在股市嗎？」

「呵呵。」楊明熙輕笑兩聲，高景海瑟瑟發抖，「總之，是心裡能不能承受的問題。」楊明熙為這故事做了一個總結。

「……」高景海可以理解。

股市的波動很大，影響的因素很複雜，有人虧一點點就難過得要死，有人虧幾千萬都沒有事，有人小賺一點就很開心，有人賺了幾千萬還不滿意，這與資產多寡無關，與是否有投資的知識、能力無關，而是個人的心理承受能力。

有些人的承受能力比較強，有些人比較差，這沒有對錯，只有適不適合。

「你虧過錢嗎？」高景海問。

「有啊，我也有看錯的時候。」楊明熙無奈一笑，「那你呢？你怎麼會接觸股票？」

「我以前在證券公司……一開始進去是想賺錢，後來轉去投顧業也是想賺錢，我不像你那麼會講故事，但是……我覺得股市裡有很多故事，我很喜歡。」

「我也喜歡。」楊明熙吻了高景海的唇。

他只是輕輕一吻，卻讓高景海的心無比觸動。

「明天還有一整天，你想做什麼我都陪你，你想去哪裡我就帶你去。」

「明天是星期六……」

「賭場沒開門，可以休息一下了吧？」

「……」

高景海默不作聲，因為除了楊明熙，他已經好久沒有與誰一起過週末了。

「你要一起吃晚餐嗎？」楊明熙問。

「我們都還沒吃到明天的早餐、午餐，你就在問晚餐了？」

「先預約。」

「我想睡了，明天再說。」高景海抱著棉被翻身，故意背對楊明熙。

不然，他會一直想跟楊明熙說話，想聽楊明熙的聲音。

楊明熙的手臂伸過來，從背後抱住高景海。

高景海能感覺到自己的背契合地貼著對方的胸膛，感受到對方的呼吸與體溫……

他強迫自己閉上眼睛，不然就真的不用睡了。

$ $ $

高景海睡到自然醒，難得有一個晚上沒有作夢，而且床很舒服。

他坐在床上伸懶腰，看到旁邊的楊明熙還在睡。

高景海發現自己好像是第一次看到楊明熙睡著，因為之前楊明熙不是先走就是先醒了，他還沒看過這個男人睡著的樣子。

楊明熙的睫毛很長，有高挺的鼻梁、雪白的肌膚配上漆黑的髮絲，散落在額頭上，都讓高景海覺得這根本是白雪公主轉世，只差一個真愛之吻了。

「肚子好餓……」高景海摸索著下床，他的腳剛踏到地板上，踩到的就是鈔票。

他打電話叫客房服務。

聽到高景海講電話的聲音，楊明熙就被吵醒了。他在棉被裡緩慢移動，從背後抱住高景海的腰。

高景海放下電話，對這黏人的小男孩感到無可奈何，「早啊。」他揉了揉楊明熙的頭。

「早安……」

高景海讓楊明熙抱了一會兒，抱到這個男人主動放開，下床梳洗。

餐點很快就送來了。

楊明熙訂的是總統套房，因此送餐的不是普通的房務員，是私人管家。私人管家不愧是受過專業訓練的人，看到滿地的鈔票，連眉頭都沒有皺一下。

管家套上拋棄式的鞋套，像偵察犯罪現場穿的那種，並將餐車停在房間外面，手動將裝著菜餚的碗盤一個一個端進來。

楊明熙和高景海穿著睡袍，坐在餐桌前等。這次，楊明熙沒有事先把散落一地的衣服撿起來，因此高景海至今還不知道自己的內褲掉在哪裡，但楊明熙方才跟管家說了，新衣服會一併為他們送上。

管家送完餐點後，戴上塑膠薄手套，一件一件撿起跟鈔票混在一起的衣服，等一下要送到乾洗處。撿起來之後他還不忘把衣服抖一抖、反覆察看，在記下尺碼後，趁著兩位客人用餐的空檔準備新的一套。

高景海有種在看鑑識人員辦案的感覺。

「你等一下要做什麼？」兩人都安靜地用餐，讓高景海有點不習慣。

楊明熙好像有起床氣，他正板著臉，一邊吃一邊看手機上的國際新聞，影片裡的女主播都講英文。

「明熙？」高景海試探性地喚了一聲。

楊明熙終於瞥了高景海一眼，「我昨天忘記問你一個問題，剛剛才想起來，不過也是因為你太快就睡著了，不是我的記憶力有問題。」

「你想問什麼？」高景海有點想笑。

「你以前交過幾任男朋友……或是女朋友？」

高景海心裡對這問題有點抗拒，但他勉強笑了一下，掩飾過去，「我們已經進入到想了解彼此的階段了嗎？還是你又想跟我證明什麼，你比我前任強？體力好？長得帥……還持久？」

「我都不知道我有那麼多優點。」楊明熙故意裝出很困擾的樣子，但是嘴角的上揚出賣了他，他的心情變得很好。

高景海不知道要吐槽還是懊悔了，原來挖坑跳的是他啊！

「我交過……我不記得了，但我沒有交過女朋友。」高景海一邊吃著可頌麵包，吃到嘴角油油的，「你有？」

楊明熙沒有正面回答，「我只是覺得奇怪，怎麼會有人跟你度過了這麼愉快的夜晚之後，還捨得離開你呢？」

高景海本來有點不開心，因為他以為楊明熙想要掀開他的黑歷史，但聽到楊明熙的話後，他的心情都變好了。

「我等一下想去運動，然後做個按摩，你要嗎？」楊明熙問，「還是，你有想去的地方？」

高景海搖搖頭，「我沒有想去的地方。」

「那你要一起來嗎？」

高景海點點頭，「對了，這些鈔票怎麼辦？」

「存回去啊。」楊明熙想都沒想就回答。

高景海轉頭環顧室內，鈔票像落葉，滿地都是藍色小朋友，「存回銀行嗎？」

「對啊，所以我昨天才叫你不要灑在床上，萬一沾到精液怎麼辦。」

高景海沒想到這男人在昨天那種激情的氛圍下，還能理智地想到後續，真佩服。

昨晚，他們興沖沖地跑到提款機，卻發現要從ＡＴＭ領錢是有限額的，那幾張鈔票根本不夠。於是，楊明熙打給威廉，威廉緊急聯絡他的主管，三更半夜把員工都叫過來加班。

聽著點鈔機不斷數錢，唰唰唰的流水聲，明明是一件不該做的事，高景海卻覺得棒極了！

他們一邊喝酒一邊聽音樂，一邊灑錢一邊笑著、叫著，彷彿要發洩所有壓力，但他們也把手牽了起來，最後一起倒在床上。

吃過早午餐、換過衣服，高景海就跟楊明熙去健身房了。

楊明熙請了私人教練，令高景海意外的是，他還挺認真的。教練怎麼說，他就怎麼做，不會為了秀肌肉而做超出自己極限的事，他甚至當高景海不存在，反正兩人就各做各的。

這讓高景海感受到了楊明熙的獨立。

就像楊明熙說過，他會一個人去旅行，那他會一個人出來做運動，從內到外打理好自己的儀容也沒什麼好奇怪的。反倒是高景海不常上健身房，平常也沒去公園或運動中心，假日不是在家補眠就是耍廢，筋骨嚴重老化。

「啊啊……」他做一個伸展就不行了。

楊明熙遠遠看到了，也沒說什麼，但他提早結束了教練的課程，帶高景海去做ＳＰＡ按摩。

高景海非常享受，覺得這才是人生！

按摩按到一半，楊明熙就睡著了。可能是做股票太累，壓力很大，高景海叫按摩師不要吵醒他，自己則先回房間。

回到房間，高景海看著滿地落鈔，他即將體會到什麼叫「數錢數到手抽筋」。

「天啊……這到底領了多少……有沒有對帳單……啊啊……手好痛……」

等到楊明熙睡醒回房間，他發現高景海把鈔票都撿起來了，並塞回他們一開始把鈔票搬過來用的行李箱。

行李箱有好幾個，而鈔票堆成小山，高景海就趴在鈔票堆上睡著了。

楊明熙本來有點不開心，因為高景海居然先離開ＳＰＡ館，都沒有叫他，但看到高景海為他做的事，臉上了泛起微笑。

他蹲下來，撥開高景海的瀏海，親吻可愛的額頭。

$ $ $

『**企業少東半夜領錢，累死小職員！**』

上班日，楊董在家裡吃早餐的時候看到這則新聞。

新聞裡寫到，有網友在社群平台上爆料，某間上市企業的老闆兒子大半夜跑去銀行提領鉅款，害主管把員工都叫回來加班。員工接到電話從睡夢中驚醒，還以為天塌下來了！

主管很嚴厲地在群組裡說，這是一位很重要的客戶，大家一定要到場，不然以曠職計算。讓該名網友倍感無奈，真的很想辭職，但是又不能辭！同時也怕會留下記錄，以後在金融業找不到工作。

底下有網友回覆：「大少爺的錢是錢，小職員的命就不是命嗎？」、「是不會趕在下午三點半前排隊喔！」、「為什麼半夜要這麼多錢……」

是啊，楊董也很想問：**到底、爲什麼、會在半夜、需要、這麼多錢？**

楊董會看到這則新聞，不是偶然，是有親信傳給他的。

報導裡沒有指名道姓，也沒有寫出公司的名字，但在形容這間公司時卻巧妙地在前頭冠上「最近即將召開法說會的」。有了那一行字，有心人士很容易就能查到那就是星海集團，而星海集團的少東就是楊明熙。

楊董只有這一個兒子姓楊，他第二任妻子帶來的兩個兒子，都在母親離婚後從母姓，並且一個跟他們一起住、一個人在泰國，都不可能會在半夜做這種事。

楊董只能覺得是時代不一樣了，現在網友一爆料，就有記者去抄，他攔都攔不住。不過這種事也沒什麼好攔的，跟公司機密無關，那就讓年輕人自己去處理吧。只是他非常疑惑，楊明熙為什麼會在半夜需要這麼多錢？

他把手機拿給坐在對面的妻子徐淑雅看。

徐淑雅起初不知道報導裡寫的人是誰，手機傳給下一個，楊董的二兒子徐耀翰，他倒是很機靈地猜到了，會讓繼父這麼在意的人，一定是大哥。

徐耀翰把猜測告訴母親，徐淑雅這才會意過來。

「也許他是要買什麼東西。」徐淑雅把手機還給楊董，「明熙很有主見的，不會亂花錢。」

「買什麼東西？美股開盤的時間是台灣的晚上，難道他要捧著現金飛去美國買……」楊董才說出口就後悔了，因為楊明熙不是做不出來！

「會不會是被追債了？所以半夜才……」

「耀翰！」徐淑雅用眼神示意兒子閉嘴，「老公，你要不要傳個ＬＩＮＥ問明熙？」

「妳幫我問。」

徐淑雅只好擔任起傳話的角色，馬上就傳訊息給楊明熙。令她意外的是，楊明熙很快就回了，「老公，他說他已經把錢存回去了。」

「啊？」

「真的。」徐淑雅把自己的手機拿給楊董看。

「那他到底……為什麼要領錢？」楊董百思不得其解。

$ $ $

高景海也看到了那則新聞。

他以為星海集團會有什麼動作，楊明熙可能會出動星海的法務戰隊告人家毀謗之類的，但楊明熙完全沒有提到這件事，每天還是照樣傳他的早安圖。

現在這個時代，網路上有極多爆料，新聞散布的速度也非常快，企業少東領錢的新聞一下子就沈下去了。某小開被拍到深夜開保時捷載某女 Youtuber，引來正宮在 IG 上撻伐，最後小開跳出來說她們都不是我的女朋友，其實我是雙……這樣的新聞才是觀眾想看的。

相較之下，楊明熙根本戰力薄弱。

可能楊明熙自己也知道，所以他從頭到尾都不在乎。高景海也把這件事放下了，回到他日常的生活中。

他經常和楊明熙一起度過週末，遵照楊明熙的喜好，睡五星級飯店的床，開最貴的酒。高景海也不再去想這段關係要怎麼定義，反正兩個人能一起度過的時光開心就好。

台股緩步向上，許多上市櫃公司都交出了不錯的營收，高景海也接到財經節目的通告，他的影片點閱率來到史上最高，市場上投資的氣氛相當熱絡。

小資族如何理財、如何在四十歲以前財富自由、如何定期定額投資、如何開戶買股票等相關的影片、文章、podcast，每天都在推陳出新。有媒體調查，如今擁有證券戶的大學生，一個班級裡高達三分之二。

然而，有句話說，希望在毀滅時重生，行情在樂觀時毀滅。

無預警地，台股跌了。

而且是大跌。

第十章

高景海在自己的獨立辦公室內用大螢幕看盤，和他同一個辦公室的小編、攝影師都乖乖縮在自己的座位上。公司的電話不斷響起，不斷有客戶打來抱怨、罵人，還有記者打來問怎麼回事，唯有高景海這裡很安靜。

所有的股票都跌，美國股市跌、亞洲股市跌，好公司、爛公司的股票統統跌，彷彿全世界的主力都約好要一起跌。投資人都怨聲載道，許多網友說自己「畢業」了，從此不碰股票，許多當沖客在沒有準備本金或本金不夠的情況下，違約交割[9]。

台股一連跌了好幾天，螢幕上都綠油油的一片，但唯有一個族群沒跌，那就是生技股。友群生技逆勢向上，直衝漲停，高景海看到盤勢就知道，那個男人出手了。

$ $ $

楊明熙坐在車子裡翹著腳，心情很好。

高景海在下午茶時間聯絡他，說要見面，現在不還是上班時間嗎？就這麼迫不及待？

最近，楊明熙的每個週末與都高景海一起度過，過程很愉快，兩個人相處起來很舒服，但楊明熙隱約覺得，高景海從未向他敞開心扉。

9　交割：指購買股票者支付金錢，以領取股票，或賣出股票者繳交股票，以領取金錢的手續。

他多次問到要不要回他家或去高景海家，但高景海每次都選擇去飯店，兩人幾乎快把市內的高級飯店和各種房型都睡過一輪了，楊明熙還從未有過這麼有趣的體驗。

高景海會主動聯絡他，總括是件好事，楊明熙立刻就放下文件跑出去了。

楊明熙先去買了一束花，因為一個帥氣的富三代出場，怎麼可以沒有花陪襯呢？

他買的是不凋花，可以放很久，主花材是紅色和粉色的玫瑰，配上兔尾草、滿天星、卡斯比亞等裝飾，在象徵熱情的大紅玫瑰之間，增添朦朧的美感。

花有了，接下來是伴手禮。

他在附近的文青咖啡廳外帶一盒蛋糕，又怕光吃蛋糕太膩了，所以叫金司機去買了很貴的礦泉水。只是普通的水太沒創意，所以他又找了一家精品店，買了一個皮夾，並請店員以送禮的規格包裝。

一番採買下來，後座都堆滿了。

兩人約在高景海家附近的一個小公園。楊明熙沒去過高景海家，因此他想著自己應該有機會上去喝一杯咖啡，那蛋糕就會派上用場。

金司機把車子停在大馬路旁，先讓楊明熙下車跟高景海會合，他再開去附近的停車場。

楊明熙下車後才想起花沒拿，但車子已經開走了。

沒差，反正等一下叫金司機提上樓就好。

楊明熙快步走向公園，心裡不知道為什麼有點忐忑。遠遠地，他就看到了那個人影。

高景海站在大樹下，樹蔭在他身上留下斑駁的影子。楊明熙面帶微笑走上前，卻發現高景海抬頭望向他的時候，臉上一點笑容都沒有。

「楊明熙！」

高景海的襯衫有點皺皺的，他沒有穿那套很顯眼的湖水藍色西裝，因此也沒有配湖水藍色的西裝褲，而是非常普通的黑色長褲，眼睛下方還有黑眼圈。

「謝謝你出來，我有話想對你說。」

「你看起來精神不太好，所以才提早下班嗎？」楊明熙想摸摸高景海的臉，卻被高景海躲開了。

「可以不要碰我嗎？」

「你怎麼了？」即使楊明熙神經再大條，也發覺高景海跟平常不一樣了。

「楊明熙，最近股票大跌，你知道嗎？」

「我知道啊。」

「你有做什麼嗎？」

「做什麼？你是在問我有沒有進場嗎？」楊明熙冷笑一聲，因為高景海見到他居然不是先關心他，而是先關心股票。

能遇到一個跟自己有共通興趣的人感覺很好，但或許就是感覺太好了，才讓楊明熙有不一樣的期待。

「我已經獲利了結了，不打算在短時間內進場，所以我也沒有情報能透露給你。」

「你獲利了結了？」

楊明熙一副理所當然的樣子，「前陣子股票不是漲很凶嗎？我在那時候陸續出掉了。」

「你出掉了……」高景海發現，自己真是個笨蛋。

他作為分析師，卻掉進一個基本到不行的陷阱。

沒有一個主力會白白拉抬一支股票的股價，主力買股票只有一個目的，就是賣股票。

那主力什麼時候會賣股票呢？就是漲的時候。

就是一堆人追進去的時候，就是投資風氣最興盛的時候，就是一堆財經網紅狂捧的時候，就是連大學生都想開戶買股票的時候，就是大家都看好的時候！

「你……真的……」高景海想起自己先前的提議，頓時覺得很可笑。

一個主力不需要說自己是主力，他只需要把錢丟進股市，就像丟下一根火柴。

砰！

你以為自己坐在船上，即將乘著資金行情的順風抵達金銀島，殊不知主力大戶就是海神波塞冬，他們掌握著海上的一切，掌握著海流。

們還不知道發生了什麼事。

「真的……」

那麼一想，真的很心酸。

大家會買股票就是想賺錢，就是想靠錢滾出更多的錢，但那些錢最後都被主力賺走了，他們還不知道發生了什麼事。

「你真的很厲害啊！」

「……」楊明熙看到高景海雙眼含淚，怔住了。

「所有的股票都跌，只有友群生技逆勢向上，你敢說你什麼都沒做嗎？」

又聽到高景海提起友群生技，楊明熙笑了一聲，笑容卻顯得十分苦澀，「你是真心的嗎？」

「什麼？」

「你是真心認為我能做出那種事嗎？」

「你為了炒作友群生技，把整個台股都拖下水！」

「你真是太讓我失望了。」楊明熙雙手插進西裝褲口袋，眼神變得冰冷，諱莫如深，「我以為你是一位很厲害的分析師，從名校畢業，影片拍得不錯，講得都還算有道理，但你居然連這種話都說得出來？」

「……」高景海瞪著楊明熙，心裡覺得很委屈。

他的客戶有人賺錢，也有人被套牢，最後認賠賣出。除了友群生技以外，他認為自己推薦的都是前景不錯的公司，但在如今愁雲慘霧的市場氣氛中，沒有人會相信他。

高景海的腦中，不斷想起楊明熙說過的話。

『我把股價拉起來，一口氣賣出，我的本金翻了一倍。』

表示楊明熙有足以拉抬股價的能力。

『他都跟公司派打好招呼了，想當那檔股票的主力，沒想到遇到外資放空。』

楊明熙當時失敗了，他沒有成功把股價拉起來，那對他來說最好的作法是什麼呢？是跟著外資放空，跟著趨勢走。

『早苗基金會和國內外十幾家控股公司都有間接或直接的關係。』

國外的資金俗稱外資，一般人會以為那都是國外的基金經理人，天高皇帝遠，但楊明熙早就有辦法將自己的錢變成外資，再進場炒股了。

『自己一個人玩有什麼樂趣呢？遊樂場就是要聚集多一點人來玩……』

如果勝利是一顆甜美的果實，那楊明熙為了摘下那顆果實，他不會自己動手，而是會讓一堆人為他開道鋪路。等到那些人爭先恐後地疊起了一座山，眼看離目標越來越近了，他再踩著那些人的屍體往上爬。

最後，只有他能摘下那顆果實。

還會當場咬一口給你看。

汁水沿著他的手掌往下流，他會故意讓你看到他舔著手腕的模樣，讓你對他與果實都垂涎不已。

「多空都賺，不愧是專割韭菜的主力。」

「你說完了嗎？」楊明熙瞥了高景海一眼，眼裡有些不耐煩。

「楊明熙，你是一個很棒的人。」高景海的這番話是真心的，「跟你在一起真的很愉快，我從來沒有這麼開心過，可是……」

「可是？」

「我們不適合。我不適合你，你也不適合我。」

「為……」

簡簡單單的一句話，聲音平淡如昔，卻讓楊明熙彷彿遭受到重擊。

楊明熙想問為什麼，但他的手機不合時宜地響了。

他看到手機螢幕上的來電顯示，是梁孝鴻。

手機發出震動的嗡嗡聲，楊明熙卻猶豫著要不要接起，因為如果高景海知道他在跟誰講電話，對他的誤會恐怕會更深。

就在他猶豫的片刻，高景海轉身就走。

他看著那背影，覺得自己好像被人甩了一耳光。

楊明熙掛掉梁孝鴻的電話，正想追上去，但他才剛邁開步伐，手機又響起一通來電。

這次，螢幕上顯示的是爸爸。

爸爸平常沒什麼大事的話，不會打給他。因此楊明熙看著那通來電，又看向逐漸遠去的背影，手指在螢幕上一滑，接通來電。

「喂？」

『明熙啊，你在哪裡？趙祕書說你提早離開公司了。』

「我在外面有事。」

『弟弟從泰國回來了，飛機晚上到，你這星期找個時間，我們大家一起吃飯，弟弟說有準備你的禮物，他也有點事情要跟你商量。』

三弟徐易軒，是徐淑雅的二兒子，以前跟徐淑雅一起生活的時候，他是最小的兒子，到了楊家後，他還是最小的，因此楊董都跟徐淑雅一起叫他「弟弟」。

『還有，有個朋友想介紹他女兒給你認識，我也覺得那孩子不錯，你週末有空嗎？』

高景海走著走著，想到自己都已經暈船這麼久了，自認沒辦法像楊明熙走得那麼瀟灑，因此在心裡掙扎許久之後，他還是回頭了，想看看楊明熙會不會追上來……

但他回過頭，看到楊明熙在講電話。

楊明熙的身影一邊望著遠方，一邊講話，好像挺愜意的樣子。

高景海揪著自己的胸口，明明是他選擇轉身的，但他沒想到自己會這麼難過。他抹掉臉頰上的眼淚，快步往家的方向走。

「你們決定好時間、地點再傳給我，我會在餐廳等你們。」

楊明熙掛斷電話，甫一轉頭，公園裡已經不見高景海的影子了。

他走回停車場，金司機為他打開車門。一眼看到後座的禮物，那捧玫瑰紅得刺眼，還不會枯萎。

他覺得自己真是個笨蛋。

後記

謝謝看到這邊的你，謝謝朧月書版的各位合作伙伴，能與我一起出版這麼特殊的題材，也謝謝繪師 Gene 老師，看到這個封面真的很開心，把角色的神韻都抓住了，兩個人互動的樣子非常有愛，太感謝，太開心了。

這本書是我非常大的一次嘗試，因為這是華文原創小說當中沒有人寫過、或是很少人會觸及的題材。

這本書寫作的時間是二〇二一年，整顆地球還籠罩在 Covid-19 病毒的陰影下，我非常希望經濟可以復甦，整個市場可以活絡起來，人們的生活可以恢復正常，各種創作、創意可以一直推出，但現實的問題是，目前的大環境不是一個很理想的創作環境，所以出版社願意給我這樣的機會，我真的很意外，也很感謝。

本書的劇情和角色完全是虛構的，如果雷同純屬巧合，故事情節也純粹是滿足我對角色的幻想，你可以當作我在寫奇幻小說，我虛構了一個世界，裡面的人可以買賣一種神奇的物件，叫做股票。

我覺得找到自己適合的人、適合的東西或適合的方向真的很重要。這聽起來好像是廢話，但我們其實都花很多時間在探索或找尋的過程中。例如，在交往之前，你會先認識這個人，搞清楚對方是圓是扁，適不適合自己。

或許你會說，這都是在交往過程中才會知道的！我交往前╱結婚前怎麼會知道他是這樣的人？這也是一段探索與找尋的過程，你在探索後發現自己跟對方是怎麼樣的人，然後你會評估兩個人適不適合，例如，他願不願意為你改變、你願不願意為他改變，你們在一起是不是很開心，你們願不願意妥協或一起努力等等。

或許你會說，我就是愛上了啊！愛情不用理由。

我承認愛情之中一定有無法解釋的地方，很多時候的確不用理由，那也是愛情自古以來一直被當作創作題材的原因之一，那就是人性的奧祕。但是「愛情」這東西並不是發生在你跟隨便一個路人之間，它是發生在你跟特定的某個人之間。這個人一定有適合你的地方，可能他的長相是你的菜，他的個性你特別欣賞，或他的喜好跟你很像等等。我在塑造角色的時候就會去思考這一塊，所以我才選用了主力跟分析師的故事。

再次重申，這個故事是虛構的，裡面的角色設定都經過美化，所以請不要跟現實做比較，如果你對現實的金融市場有興趣，請自行去研究。

我為了寫這部作品，找了很多資料。以往在寫奇幻輕小說的時候，因為不太會有屬於某個領域的專業術語，所以創作時間的分配上比較不會著重在這一塊，如今為了寫這個故事，我自己也是讀了很多額外的東西，長了不少知識。

大部分的人從小接受的教育都是有正確答案的，所以我們會非常不適應一個沒有正確答案的世界，尤其當世界變動得非常快的時候。我也還在尋找適合我的方式跟適合我的人，在疫情的這段期間，我的生活改變了很多，但是我希望「健康快樂」不只是寫在賀卡上的詞，也能成為事實。

謝謝你看到這邊，《愛情有賺有賠》，我們下集見。

子陽

二〇二一年夏

後記

高寶書版集團
gobooks.com.tw

FH050

愛情有賺有賠（上）

作　　者　子陽
繪　　者　Gene
編　　輯　陳凱筠
設　　計　林檎
排　　版　彭立瑋
企　　劃　李欣霓

發 行 人　朱凱蕾
出　　版　朧月書版股份有限公司
　　　　　Hazy Moon Publishing Co., Ltd
地　　址　臺北市內湖區洲子街88號3樓
網　　址　www.gobooks.com.tw
電　　話　(02) 27992788
電　　郵　readers@gobooks.com.tw（讀者服務部）
傳　　真　出版部　(02) 27990909　行銷部 (02) 27993088
郵政劃撥　19394552
戶　　名　朧月書版股份有限公司
發　　行　朧月書版股份有限公司 / Print in Taiwan
初版日期　2022年11月

國家圖書館出版品預行編目(CIP)資料

愛情有賺有賠/子陽著.-- 初版. -- 臺北市：朧月書版股份有限公司出版：英屬維京群島高寶國際有限公司臺灣分公司發行, 2022.11-
　面；　公分. --

ISBN 978-626-7201-13-8(上冊：平裝). --
ISBN 978-626-7201-14-5(下冊：平裝). --
ISBN 978-626-7201-15-2(全套：平裝)

863.57　　111015152